크리스천의 삶이 담긴 칼럼과 에세이

오, 이 '작은자' 예수여!

크리스천의 삶이 담긴 칼럼과 에세이

오, 이 '작은자' 예수여!

글·사진 임종석

제일앤씨

오, 이 '작은자' 예수여!

    너희가 여기 내 형제 중에 지극히 작은 자 하나에게 한 것이 곧 내게 한 것이니라.(마25:40)

    이 지극히 작은 자 하나에게 하지 아니한 것이 곧 내게 하지 아니한 것이니라.(마25:45)

오, 이 '작은 자' 예수여!

주여
나
구제 아닌
돕는 것도 아닌
내게 있는 작은 것으로
그냥
나누게 하소서

용서 아닌
너그러움도 아닌
이해도 아닌
그저
마음 넉넉함이게 하소서

주께서 나를 사랑하신 것 같이
예수로 오신
이 '작은 자'들을
나
사랑하게 하소서

오, 이 '작은 자' 예수여!

책머리에

오, 이 '작은자' 예수여! ⛪

    여기에 모은 글들은 기도드리는 중에 떠오른 생각을 그때그때 정리하여 쓴 것이다. 영감으로 운운하는 것은 너무 거창한 표현이고, 나만의 은밀한 기도의 영적 골방에 들어가 하나님과 독대하는 가운데 무엇인가 생각이 떠오르면 그것을 정리하여 글로 쓰곤 했는데, 이 책의 글들이 그것이다. 마음 샘의 깊은 곳에서 기도라는 두레박으로 퍼 올린 생각을 다른 것들과 섞이지 않도록 주의를 기울이며 썼다고도 할 수 있다.

    은혜를 더 크게 하겠다는 생각으로 실제의 체험보다 부풀리거나 내용을 조금은 달리하여 간증하는 경우도 있다는 것을 아는지라 나는 나의 글이 그런 우를 범하는 일이 없도록 하려 세심한 주의를 기울이는 편이다. 실제의 체험보다 부풀린 간증이나 거짓을 섞어 쓴 글은 모두 하나님의 능력이나 진리에 흠집을 내기 때문이다.

    나는 신학을 하여 목회실습이라는 것을 대전의 어느 교회에서 했는데, 그 때 주보에 쓴 글도 있고, 지금은 논산시에 속한 어느 산골의 장애인 공동체 시설 교회인 우리집교회 협동목사로 있는데, 시설 홈페이지에 실린 글도 있어 이것들에서 뽑아 모은 것이 이 책이다.

한 편 한 편을 오랜 세월을 거치는 동안에 써 온 것들이므로 시사성이라는 면에서 볼 때 지금과 맞지 않은 것들이 있고, 이 글과 저 글의 내용이 겹쳐지는 것도 없지 않다. 다만 시사성이라고 하는 면의 맞지 않은 내용이라 할지라도 세월이 흐른다 해서 그 근본적인 뜻이 바뀐 것은 아니니 독자 여러분들의 이해를 구하고자 하며, 겹쳐진 내용에 더해서는 나의 능력에 한계와 성실치 못함이 드러난 것이니 함구로 두 손을 모으고자 한다.

이 글들 중에는 그대로 나의 신앙고백이 된 것도 있고, 나의 신앙 그 자체인 것도 있다. 나를, 나의 생각을 썼다는 말이다. 그러나 걱정되는 것이 없는 것도 아니다. 얼마 전에 서점에 갔다가 아는 분이 쓴 수필집이 눈에 띄어 한 권 사서 틈틈이 조금씩 읽고 있는데, 작품과 필자 사이에 놓인 괴리가 너무 크게 보여 입맛이 씁쓸함을 금치 못하고 있다. 그런데 나를 아는 분들이 이 책을 읽는다면 나와 똑같은 것을 느끼지 않을까 걱정이 되는 것이다.

그래서 솔직히 고백하건대 이 책의 글들은 나의 생각이나 사상 같은 것을 쓴 것이지 나의 사람 됨됨이를 쓴 것이 아니다. 나의 희망사항이지나 자신은 아니라는 말이다.

어쨌든 성령님의 도우심 가운데 독자 여러분의 마음과 나의 마음이 인격적으로 만나 취할 것은 취하고 버릴 것은 버렸으면 하는 마음 간절하다.

독자 여러분과 가정과 교회와 하시는 일 위에 하나님의 은총이 항상 함께 하시기를 기도드린다.

2008년 신록이 싱그러운 초여름에
우리집 공동체 가족 모두와 마음을 모아
임 종 석 드림

차례

오, 이 '작은자' 예수여! ⛪

산제사로 드리는 삶 · 13

생활로 드리는 예배 · 41

오, 이 '작은자' 예수여!

산제사로 드리는 삶

모로 가도 서울만 가면된다 | 허상의 믿음을 버리고 실상의 믿음을 | 판단 | 싹이 난 마른 지팡이 | 자기를 진정으로 이롭게 하는 이기주의자 | 하나님께서 계신 곳 | 너, 하나님의 사람아! | 내가 저 세리와 같지 아니함을 감사하나이다 | 죽으면 살리라 | 상처라는 말은 책임전가의 수단이다

오, 이 '작은자' 예수여!

모로 가도
서울만 가면된다

속담에는 우리 조상들의 풍부한 지혜나 해학이 담겨 있다. 그러기에 그것들은 우리 민족의 발자취와 같이 걸어오면서 우리에게 많은 영향을 끼쳐 왔다.

속담이 우리에게 끼친 영향은 대개가 긍정적인 것들이다. 일을 서둘러서 바삐 하다가는 망치게 될 우려가 있을 때, "아무리 바빠도 바늘허리 매어 못 쓴다"라는 속담은 일손을 잠시 멈추그 먼 산을 한번 바라보게 하여 생각할 여유를 갖게 한다. "소 잃고 오양간 고친다"라는 속담은 사고를 미연에 방지하는 데에 도움이 된다.

그러나 부정적인 영향을 주는 속담도 없지 않다. "도로 가도 서울만 가면된다"와 같은 것이 그것이다. 이런 속담은 사람들이 자식들을 대학에 부정입학시키는 데에 기여했고, 실정법을 어기거나 교묘히 빠져다니며 부동산 투기를 하는 사람들에게도 힘을 실어주었다.

세상은 참으로 많이 달라졌다. 부동산 투기를 했다고 장관도 그 자리에서 쫓겨나는 세상이 되었으니 말이다. 국회의원에 당선되었더라도 불법선거운동을 했다는 사실이 밝혀지면 그 귀한 금배지를 떼어놓아야 한다. 전에야 부동산 투기쯤은 누구에게도 문제가 되지 않았고 군사정권 때에는 여당의 도에 지나친 불법선거운동을 보고도 권력의 시퍼런 칼날이 무서워 입도 뻥긋 못했다.

이제 앞으로는 사회가 더 맑아지리라는 희망을 가져본다. 그런데 여기에서 우리가 한 가지 생각해야 할 것은 어떠한 제도나 법률만으로는 부동산 투기라든가 불법선거운동 같은 것을 근절할 수 없다는 점이다. 결과보다 과정을 소중히 여기는 의식의 변화 없이는 불가능하다. 서울에 못 가는 한이 있더라도 모로 가서는 안 된다고 하는 생각이 우리 국민들의 의식을 지배한다면 우리의 사회는 맑아지지 말래도 맑아질 것이다.

이런 생각은 우리들 교회, 아니 나로부터 갖기 시작하지 않으면 안 된다. 하나님께서는 질서를 중요시하고 과정 또한 소중히 여기시는 분이기 때문이다. 하나님의 천지창조의 과정을 보라. 얼마나 질서정연한가.

신앙생활은 과정을 중시하며 살아가는 것이다. 그 과정은 성경이 자세하게 설명하고 있다. 우리는 성경을 읽는 제일의 목적을 여기에서 찾아야 한다. 맹목적으로 읽지 말 일이다. 성경은 읽기 위한 책이 아니라 읽고 실천하기 위한 책이고 진리를 깨닫기 위한 책이다. 성경이 지시하는 대로 하는 생활은 하늘나라에 가는 과정이 된다. 서울은 모로도 갈 수 있지만 하늘나라는 모로 갈 수가 없다.

허상의 믿음을 버리고
실상의 믿음을

🏛 '나는, 주님을 위해서 무엇인가 열심히 일하는 것은 다 신앙생활이라고 생각한 적이 있는데 그런 게 아니다, 주님을 위해 한 다는 일이 주님의 뜻과 정반대 될 수도 있다, 자칫하다가는 우리도 하 나님을 위한다는 명목으로 예수님을 죽인 이스라엘의 지도자처럼 될 수 있다.'

김선기 목사의 저서 『예수님은 때도 아닌데 무화과-나무를 왜 저주 하셨는가?』의 일절이다.

이 글을 쓰고 있는 나도 이 문제에 대해서 오랫동안 생각해 왔다. 우리는 믿음 아닌 것을 믿음으로 착각하고 있는 경우가 많다. 잘못된 열심을 믿음으로 착각하기도 한다. 가령 직장에서 업무를 소홀히 하면 서까지 성경을 읽는다면 이것을 바른 믿음이라 할 수 있겠는가. 교회 에 전통적으로 내려오는 것들 가운데에도 시정되어야 할 일들이 있을

17
산제사로 드리는 삶

수 있고, 그저 이런 것이 믿음이려니 하고 생각하고 있는 것들 가운데에도 잘못된 것이 있을 수 있다.

믿음 아닌 것을 믿음으로 착각하고 있는 것을 찾아내기 위해서는 역시 성경이라는 거울에 비춰보는 수밖에 없다. 흔히 성경은 사람들의 신앙을 비추는 거울이라고들 한다. 옳은 말이다. 성경 아니고는 나의 신앙을 비춰줄 것이 없다.

그러나 나의 신앙의 모습을 거울에 환하게 비춰 보려면, 그러기 전에 먼저 거울을 깨끗하게 닦아야 한다. 그렇다고 성경을 닦을 수는 없는 일이고, 어떻게 해야 할 것인가. 나를 닦으면 된다. 나의 마음을 닦으면 된다. 그렇다면 어떻게 하는 것이 마음을 닦는 것이 될까? 나의 모든 선입견도 세상적인 지식도 다 버리고 마음을 비워 둔 채 성경을 대하면 된다.

성경을 읽되 건성건성 읽지 말고, 성경이 이 세대에게, 나에게 주려고 하는 핵심적인 메시지가 무엇인가를 생각하며 읽어야 한다. 성경의 근본정신을 찾아야 한다는 말이다. 그것은 어려운 일이 아니다. 많이 배운 사람이 찾기 쉬운 것도 아니다. 나를 비우고 그 비운 내 안에 하나님의 뜻을 받아들이겠다는 순수한 마음만 있으면 된다.

무엇보다도 성경을 통해서 찾은 것을 나의 삶에 그대로 적용시키겠다고 하는 의지가 필요하다. 나를 버리겠다는 결단이 필요하다는 말이다. 이 의지, 이 결단 없이 성경을 읽는다는 것은 허탄한 일일 수 있다. 성경지식은 이를 나의 신앙에 조금도 적용시키지 않는다면 세상지식만도 못할 수 있다. 성경지식을 아전인수식으로 해석하여 자신의 잘못을 정당화시키는데 쓴다면 무서운 일이다.

오, 이 '작은자' 예수여!

판단

우리 크리스천들 가운데에는 판단을 하면 안 된다고 생각하는 사람이 많은 것 같다. 바울 사도는, "먹지 못하는 자는 먹는 자를 판단하지 말라"(행14:3) 했고, 야고보 사도도 "형제를 비방하는 자나 형제를 판단하는 자는 곧 율법을 비방하고 율법을 판단하는 것이라"(약4:11)고 했으니 판단하는 일을 좋다고는 할 수 없을 것이다.

그러나 모든 일에 일률적으로 이 말씀을 적용하여 판단하는 것을 모두 나쁘다고 해서는 안 된다. 사실 바울 사도도 "너희는 스스로 판단하라"(고전11:13) 했고, 베드로와 요한도 "하나님 앞에서 너희 말 듣는 것이 하나님 말씀 듣는 것보다 옳은가 판단하라"(행4:19)고 했다. 더 말할 것까지도 없이 예수님께서는 시몬 베드로의 바른 판단에 "네 판단이 옳다"(눅7:43)고 칭찬하셨고, 무리들을 향해서는 "어찌하여 옳은 것을 스스로 판단치 아니하느냐"(눅12:57)고 꾸중도 하셨다.

"판단"의 사전적 의미는, '전후 사정을 종합하여 사물에 대한 자기의 생각을 마음속으로 정'하는 것이다. 이를 어찌 나쁜 일이라고 할 수 있겠는가? 인간은 어차피 판단을 하지 않고는 살아갈 수 없는 존재들이다. 문제는 이 판단이라고 하는 것을 어떻게 하고 왜 하느냐에 있다. 판단을 하되 옳게 하고 선한 목적으로 하면 된다.

우리는 남을 비방하는 일과 판단하는 일을 혼동해서는 안 된다. 남을 공격하기 위하여 하는 판단은 이미 판단이 아니라 비방이 된다. 누군가가 다른 누군가에게 "너는 왜 남을 판단하느냐?"고 했다면 전자는 후자를 이미 판단하고 있는 것이며, 이는 판단이 아니라 비방이 된다.

판단은 남을 공격하기 위해 하는 것이 아니라 바르지 못한 것들로부터 자기를 지키며 바른 길로 가기 위해 하는 것이고, 이웃을 사랑으로 권면하기 위해 하는 것이다. 성경이 판단하지 말라고 한 것도, 판단하라고 한 것도 이와 같은 의미로 한 것이다.

'외모로 판단하지 말고 공의의 판단으로 판단하라'(요7:24). 예수님의 말씀이다.

오, 이 '작은자' 예수여!

싹이 난
마른 지팡이

🏠 전라선을 타고 전주를 지나 춘향골 남원을 미처 다 못 간 곳에 오수라고 하는 작은 시골 역이 있다. 충견의 개나무로 알려진 곳이다.

옛날에 개를 몹시 귀여워하는 할아버지가 이웃 마을 잔칫집에 갔다가 술에 취해 돌아오는 길에 그만 언덕에 쓰러져 잠이 들어버렸다. 그런데 불이 나 마른 잔디를 태워가며 불길은 할아버지 쪽으로 다가오고 있었다. 애가 타는 건 따라갔던 개뿐이었다. 할아버지를 깨우려 힘껏 짖어보기도 하고 옷을 물어뜯어도 보았지만 소용이 없었다. 개는 시내로 달려가 몸에 물을 묻혀다가 불을 끄기 시작했다. 한 번 두 번……. 수도 없이 할아버지가 잠들어 있는 곳과 시내 사이를 오가며 안간힘을 썼다. 불이 다 꺼졌을 때 개는 지쳐 그만 죽고 말았다.

잠에서 깬 할아버지는 사태를 짐작하고 슬퍼하며 눈물짓ᄃ 개를 고

이 묻어 주고, 짚고 다니던 지팡이를 무덤가에 꽂아주었다. 그런데 그 지팡이에서 싹이 나고 자라 커다란 나무가 되었다. 지금도 오수에 가면 전설 속의 그 개나무를 볼 수 있고, 훗날 사람들이 세워준 의견비도 볼 수 있다.

이곳에 가서 또 하나 볼 수 있는 것은 오수교회이다. 벌써 30년도 훨씬 전의 일이다. 이 교회에는 경제적으로 잘 사는 장로님이 한 분 계셨다. 옛날의 시골 교회에서는 큰돈이 들어갈 일이 있으면 제직회를 열어 형편에 따라 각자가 부담해서 해결하는 일이 많았다. 그런데 장로님은 가만히 있다가 다른 사람들이 액수를 다 정한 다음 당신도 그렇게 하였다. 다른 사람들의 액수를 살펴본 뒤 자기도 그만큼만 정하였다. 그런 뒤 모자라는 금액을 은밀하게 혼자서 다 채워 놓았다. 이러한 장로님이 계셨기에 이 교회는 은혜로운 교회로, 잘 되는 교회로 인근에 소문이 자자했다.

처가가 이 오수에 가까운 동네에 있었기에 나는 이곳을 지나는 일이 많았다. 그럴 때마다 나는 하나님 앞에서 개나무의 개에게서 배우기를 원했고, 장로님의 믿음으로 변화된 인품을 닮기 바랐다.

사역자가 된 지금 나는 다시 한 번 자신을 돌아본다. 누구를 위한 사역인가? 하나님을 위한 사역인가, 나 자신을 위한 사역인가? 표면상으로는 교회를 위해 일을 한다 하지만, 나 자신의 성취감을 은연중에 조금도 즐기고 있지 않다고 할 수 있을지 의문이다.

오, 이 '작은자' 예수여!

자기를 진정으로
이롭게 하는 이기주의자

🏠 그대는 인간에게 제일 소중한 것이 무엇이라고 생각하는가? 나는 믿음이라고 생각한다. 믿음이 없으면 성삼위 하나님도 없고 구원도 없기 때문이다. 솔직히 말하면 내가 가장 소중하게 생각한 것은 믿음이 아니라 구원이다. 나는 내게 유익하지 않는 일은 조금도 하고 싶지 않은 이기주의자이기 때문이다. 믿음 없이는 구원을 받을 수 없으니 나에게 믿음이 소중한 것이다.

구원이 없다면 나는 예수를 믿지 않았을지도 모른다. 이기주의자인 내가 자신에게 돌아올 것도 없는데 무엇 때문에 예수를 믿겠는가. 아니, 아니다. 이기주의자이니까 구원이 없다 해도 예수를 믿어야 한다. 예수를 믿어 얻는 것이 어디 구원뿐인가. 성령의 도움을 받아 예수의 아버지 하나님께 기도하여 받은 것이 얼마이며, 천지보다도 크신 그 하나님을 나의 아버지로 모실 수 있으니 믿지 않는다면 바보이다. 또 믿음으로 누리는 자유는 얼마나 큰가.

믿는다는 사실 하나만으로 영혼의 구원도 얻고 이 세상에서 복도 받으며 살 수 있으니 꿩 먹고 알 먹고 이고, 세상을 다 얻은 것이 아닌가. 이 사실을 깨달은 자보다 복을 받은 사람은 없고 행복한 사람도 없을 것이다.

그렇다면 어떤 믿음이 가장 좋은 것일까. 믿음을 논하며 어떤 사람은 자유의지를 말하기도 하고 또 어떤 사람은 성령의 역사를 말하기도 한다. 나는 둘 다 일리가 있다고 생각한다. 성령의 역사하심만을 바라며 사람이 해야 할 일을 않고 있다면 일하지 않고 기도만 하여 밥이 입에 들어오기를 바라는 것과 일반이며, 기도는 않고, 하더라도 형식적으로 하며 사람의 힘으로만 문제를 해결하려 하며 자유의지만을 강조한다면 불신의 사람과 별로 다를 것이 없다.

가장 바람직한 것은 하나님께 전적으로 맡기고 내 영혼 깊숙이에서 기도드리는 것이다. 그러며 자유의지를 풀 가동시켜 하나님께서 제시하신 방법에 따라 노력하는 것이다. 그러면 성령님께서는 사람의 자유의지에 힘을 실어주는 가운데 문제해결의 길을 열어 가실 것이다.

자유의지만을 강조하다가는 나에게서 하나님을 밀어내는 결과를 낳고 만다. 뒷짐을 지고 기도만 하는 게으름뱅이를 하나님께서는 좋아하시지 않는다.

거듭 말하거니와 자유의지는 소중한 것이로되 기도가 수반되지 않으면 불신자의 그것과 별로 다를 바 없게 된다. 우리는 자신의 눈썹 하나도 자의로 희거나 검게 할 수 없다는 사실을 몰라서는 안 된다. 그러므로 자유의지를 정말로 귀한 것으로 하기 위해서는 기도가 수반되어야 한다.

자유의지는 결단을 필요로 한다. 나를 진정한 믿음의 사람으로 만들어 가기 위해서는 특히 그렇다. 나는 살아오면서 믿음의 많은 문제들이 욕심으로부터 생긴다고 강조해 왔는데, 이 욕심이라는 것을 버린다는 건 그리 쉬운 일이 아니다. 대단한 결단을 필요로 한다. 자기의 민족을 위하여 죽으면 죽으리라 했던 에스더의 결단과 같은 그런 것이 필요하다는 말이다. 그러나 이와 같은 결단을 한다는 것 또한 그리 쉬운 일이 아니다. 그리고 그 결단을 지속시켜 가기란 더욱 어려운 것이다. 죽을 각오를 수반하는 결단이니 당연하다. 그러니 성령님의 도우심이 필요하고 그러니 또 기도가 필요한 것이다.

이렇게 하다가 죽어도 할 수 없다, 그래도 하겠다고 하는 하나님 나라를 위한 결단이 섰다면 그대는 세상에서 가장 행복한 사람이다. 그대는 결코 죽지 않을 것이다. 죽으면 사는 것이 기독교이기 때문이다.

하나님께서 계신 곳

🏠 나에게는 나 자신을 위한 집중적이고도 구체적인 기도가 둘 있다. 물론 건강 같은 것을 위해서도 간절히 기도드리지만 지금 말하려고 하는 두 가지에 우선순위에서 밀려난다.

하나는 나의 삶, 즉 나의 생활 그 자체를 산제사의 제물로 드리게 해 주시라는 것이고, 또 하나는 문필의 은사를 내려 주셔서 이것으로 하나님의 나라를 확장하는 사업에 동참케 하여 큰 열매를 맺게 해 주시라는 것이다.

그럴 리 없지만 만약 이 둘 중의 하나만을 택하라 한다면 나는 서슴없이 전자, 즉 삶을 산제사로 드리는 것을 택할 것이다. 우리는 자칫 전도라든가 봉사, 구제 같은 것만 하나님의 일로 생각하기 쉽다. 그러기에 이와 같은 현장에서 한 발짝만 물러서면 불신자와 구별하기가 힘이 든다.

하나님께서는 "너희 몸을 하나님이 기뻐하시는 거룩한 산제사로 드리라 이는 너희의 드릴 영적 예배니라"(롬 12:1)라고 말씀하신다. 여기에서의 몸은 무엇인가. 단순한 몸이 아니라 전인격으로서의 나 자신을 말하는 것이다. 산제사는 또 무엇인가. 나의 새 생명으로서의 삶을 하나님께 드리는 것이다.

우리는 하나님의 임재의 범위를 전도나 봉사, 그리고 구제와 같은 것으로 국한시켜서는 안 된다. 이것은 하나님을 이런 것들에만 묶어두는 결과를 낳는다. 우리는 하나님께서 전지전능全知全能하시고 무소부재無所不在하시다는 것을 다 안다. 그리고 때도 가리지 않고 영원 속에 계신다는 것도 다 안다. 그런데도 전도의 현장이나 교회 안에만 계시는 것처럼 생각해서는 안 된다. 그리고 그런 것처럼 살아서는 더욱 안 된다.

그러기에 나는 성공적인 문서선교사역보다는 나의 삶 전체가, 생활 전체가 예배였으면 하는 바람이 더 크다. 지금은 나를 돌아볼 때이다. 내가 아무리 문서선교의 아름답고 큰 비전을 가지고 있다 해도 나의 삶이 이를 따르지 못하면 이는 허망한 검불에 불과하게 된다. 나는 나의 비전이 욕심이 되는 것을 경계한다. 그렇게 되지 않게 해 주시라고 기도드린다.

나에게도 하나의 긍지는 있다. 환갑을 넘긴 나이지만 아직 청년과 같은 가슴 벅찬 비전이 있다는 것이 그것이다. 이것을 나는 나만의 은밀한 보배로 간직하며 살아가고 있다. 나는 오늘도 기도드린다. 둔서선교에 대한 꿈이 나의 존재 전체를 하나님께서 기뻐하시는 산제사로 드리는 가운데 실현되게 해주시라고 기도드린다. 그래서 나는 글 쓰는 수업修業

보다는 하나님께로 향하는 삶을 살려고 노력하며 기도드리고 있다.

오, 이 '작은자' 예수여!

너, 하나님의 사람아!

그대에게 질문을 하나 하려고 한다. 그대는 자신을 누구라고 생각하는가? 느껴지는 대로 대답해주었으면 한다.

첫째, 나는 하나님의 아들이다.

둘째, 나는 하나님의 종이다.

셋째, 나는 하나님의 일꾼이다.

넷째, 나는 하나님의 사람이다.

그대는 자신이 이 네 가지 중 몇 번째에 속한다고 생각하는가.

그럼, 그렇게 묻는 당신은 몇 번째에 속하냐고? 나는 나 자신이 위의 네 가지 모두에 속한다고 생각한다. 그런데 이 네 가지 중 첫 번째에 가장 크게 비중을 두고 있다. 나는 하나님의 종이요, 일꾼이요, 사람이기 전에 하나님의 아들이기 때문이다. 하나님의 진정한 종이 되고, 일꾼이 되고, 사람이 되기 위해서는 하나님의 진정한 아들이 되지 않고서는 안 된다고 생각한다.

하나님의 진정한 아들이 되어 이에 대한 깊은 자기인식이 있다면 아들을 삼아주신 은혜에 감사하여 아들로서의 권리를 주장하기 전에 종이 되지 않을 수 없을 것이다. 그리고 그분의 일꾼이 되고 그분의 사람이 되지 않을 수 없을 것이다.

하나님의 종은 사람들의 종과는 다르다. 사람의 종은 천박해지기 쉬우나 하나님의 종은 고상하고 우아하다. 학식과 교양이 많아 고상한 것이 아니고 부드럽고 따스하고 포근한 사랑의 인품이 있어 고상하고, 화사하고 값비싼 옷을 입어 우아해 보이는 것이 아니라 하늘나라를 향한 영적 깃털 옷을 입어 우아하다. 하나님은 사랑이시니 그의 아들인 우리 또한 사랑이어야 하고, 하나님의 아들의 궁극적인 목적은 하늘나라이니 육안으로는 안 보이나 영안으로는 분명히 보이는 하늘나라의 날개옷을 입고 있음이다.

사람의 일꾼은 사람의 눈을 의식하나 하나님의 일꾼은 당연히 하나님의 눈을 의식한다. 사람의 눈은 속이거나 피할 수 있지만 하나님의 눈은 그럴 수가 없다. 그리고 하나님의 일꾼은 항상 자발적이며 기쁘게 일한다. 하나님의 눈을 의식한다 하지만 아니다. 실은 그냥 하나님과 함께 일하는 것이다. 그러면 그 사람에게서는 백합꽃 향기보다 더 좋은 그리스도의 향기가 나고 어둠을 비추는 빛이 나며 이웃에게 살 맛이 나게 하는 소금이 된다. 그러면 너, 하나님의 사람아! 하고 불리는 것이다. 나의 이 땅에서의 최대의 소망은 바로 이 너, 하나님의 사람아! 하고 하나님으로부터 불리는 것이다.

그대는 성삼위 하나님의 아들이다. 그러므로 나는 나뿐 아니라 그대도 너, 하나님의 사람아! 하고 하나님으로부터 불리기를 바란다. 이 얼마나 큰 은혜인가. 이 얼마나 큰 영광인가. 우리를 너, 하나님의 사람아! 하고 부르시는 하나님께서는 또 얼마나 기뻐하시겠는가.

내가 저 세리와 같지
아니함을 감사하나이다

하나님께서는 교만을 극도로 싫어하신다. 당신이 어떻게 그렇게 잘 아느냐고 하지 말기 바란다. 내 말이 아니라 성경이 그렇게 말하고 있다. 사람들은 걸핏하면 하나님의 뜻 하나님의 뜻 하지만 이 것이야말로 조심해야 할 일이다. 자기의 뜻을 하나님의 뜻으로 오해하고 있는 것은 아닌지 생각해 봐야할 일도 많다. 자기가 아무리 하나님의 뜻이라고 굳게 믿어도 성경에 위배되면 하나님의 뜻이 아니요, 하나님의 뜻이 아니라고 우길지라도 성경에 부합되면 하나님의 뜻이다.

잠언은, '마음의 교만은 멸망의 선봉'(18:12)이라 했고, 야고보 사도는 '하나님이 교만한 자를 물리치'신다(약4:6)고 했다. 그리고 예수님의 수제자 베드로는 '하나님이 교만한 자를 대적하'신다(벧전5:5)고까지 했다.

그렇다면 어떠한 것이 교만인가. 한마디로 잘난 체하고 뽐내고 버릇없이 구는 것이다. 반면 겸손한 사람은 남을 높이고 나를 낮춘다.

그러기에 성경은 교만의 반대 개념으로 겸손을 들어 하나님의 은총을 입는 행위로 권하고 있다.

성경에서 교만이라고 하면 떠오르는 장면이 있다. 어느 바리새인이 기도하는 모습이다. '하나님이여, 나는 다른 사람들 곧 토색, 불의, 간음을 하는 자들과 같지 아니하고 이 세리와도 같지 아니함을 감사하나이다'. 가히 교만의 표본이라 할 수 있지 않을까 한다. 반면, 그 바리새인이 지칭하는 세리는 멀리 서서 감히 눈을 들어 하늘을 우러러보지도 못하고 다만 가슴을 치며, '하나님이여, 불쌍히 여기옵소서. 나는 죄인이로소이다' 하였다. 하나님 앞에서 얼마나 겸손한 자세인가.

'허리를 꼿꼿이 편 채 왼손은 뒷짐을 진 자세로 오른손만 내밀어 악수를 청한다면 어떤 기분이 들겠어?' 고향 선배로 60대 중반의 한 장로님께서 하신 말씀이다. 장로님은 멀리 출타 중이어서 본 교회 아닌 타 교회에서 주일 대예배를 드렸더란다. 예배를 드리고 나오는데 자기보다 열 살은 족히 적어보이는 그 교회의 장로인 듯한 사람이 예배당 입구에 서서 그렇게 악수를 하더라는 것이었다.

중요한 것은 외형이 아니라 내면이요, 외모가 아니라 마음이다. 그렇다고는 하나 마음이 온유하고 겸손한 사람은 그것이 얼굴 표정이나 자세에도 나타나는 것이 보통이며 교만도 그러하다.

물론 겉으로만 굽실굽실하는 것을 겸손이라 할 수는 없다. 행동에 마음이 실려야 한다. 그리고 성경이 겸손하라고 가르치고 있으니 우리는 겸손해야 한다. 그러기에 겸손하려고 노력해야 한다. 그러나 마음은 그대로 두고 외양만으로 겸손을 만들어내려 해서는 안 된다. 그것은 겸손이 아니라 겸손한 척하는 것이고, 경우에 따라서는 다른 사람들에게 교활한 모습으로 보일 수도 있다.

　진정한 겸손은 남과 나를 비교하는 데에서 생기는 것이 아니다. 그렇게 하다가는 나 스스로를 왜소하게 만들어 열등감에 사로잡히게 할 수 있다. 아니면 우월감속에 교만을 기를 수도 있다. 하나님 앞에 나를 벌거숭이의 모습으로 드러내놓고 내가 어떠한 사람이라는 것을 직시할 수 있어야 한다. 그리고 저 세리처럼 기도할 수 있어야 한다. 그럴 때 하나님께서는 나를 붙잡아 정말 겸손하게 해주시고 능력 있는 하나님의 사람으로 인도해 주시는 것이다.

오, 이 '작은자' 예수여!

죽으면 살리라

"처음에는 내가 십자가를 지고 가나 후에는 십자가가 나를 지고 간다."

기독교 신앙을 단적으로 표현한 말이라고 생각한다. 그런데 십자가를 진다는 것이 말로는 어렵지 않지만 그게 어디 그렇게 쉬운 일인가.

십자가는 우리 주님 예수 그리스도가 지셨던 형틀이다. 기둥처럼 굵은 나무로 만든 십자가는 우리 주님께서 지시기에 너무도 무거웠다. 그 십자가를 지고 처형장 골고다로 향해 가는 주님께서는 비틀거릴 수밖에 없었고 때로는 넘어지기도 하셨다. 그러한 주님께 포악한 군병들은 채찍의 세례를 퍼부었다. 그것은 말이 채찍이지 끝에 쇠 조각 같은 것을 단 흉기나 다름없는 것이었다. 기진하여 형장에 도착한 주님은 그 십자가에 뉘어지고 손과 발에는 쿵, 쿵, 쿵, 못이 박히셨다. 엄청나게 굵은 그 못은 살을 뚫고 뼈를 으스러뜨렸다. 십자가는 세워지고 주님께서는 물과 피를 다 쏟으신 뒤 내가 목마르다 하시며 운명하셨다.

이것이 십자가를 지는 것이다. 그런데 누가 함부로 십자가를 지겠다고 할 수 있겠는가. 그것은 죽음까지도 각오하지 않으면 안 되는 일이다. 그 죽음이라는 것도 그냥 죽는 그런 것인가. 손과 발에 못이 박히고 허리가 창에 찔려 아픔으로 고통하고 고통하다 생명이 가물가물 꺼져간 것이 아닌가.

그럼에도 우리는 이 십자가를 져야 한다. 죽으면 죽겠다는 결단으로 져야 한다. 그것이 믿음이고 믿음의 사람이 해야 할 일이니까.

그렇다면 우리는 어떻게 하여야 십자가를 질 수 있는 것일까? 설마한들 실제의 나무십자가를 예수님과 똑같이 지라는 것은 아닐 것이다. 그것은 하나님께서 가라 하신 길을 어떠한 손해라도 감수하며 가는 것이다. 그 길을 가다가 죽음이 닥치면 피하지 않고 죽는 것이다.

크리스천임을 자처하면서도 믿음의 길로 가기 위해 조그마한 손해 하나도 보기 싫어하는 사람들이 얼마나 많은가. 그러면서도 입으로는 십자가를 지겠다고 곧잘 말하는 사람들은 또 얼마나 많은가.

십자가를 진다는 것을 다른 말로 표현하면 나와 나의 모든 것을 하나님께 맡겨버리는 것이 된다. 그렇다면 어떻게 하는 것이 나를 하나님께 맡기는 것이 되는가? 말할 것도 없이 하나님의 뜻대로 하는 것이다. 그렇다면 또 하나님의 뜻은 무엇인가. 그것은 성경이 지시한대로 하는 것이다.

우리가 성경을 읽어야 하는 필연의 이유는 여기에 있다. 성경을 읽는 것은 읽는 그 자체에 목적이 있는 것이 아니라 그 가르침을 깨달아 그대로 행하는 데에 있다.

문제는 다른 데에 있지 않다. 죽음도 불사하겠다는 결단과 각오로 믿음의 길로 가기만 하면 된다. 여기까지가 어려운 것이다. 그러기에 십자가인 것이다. 일단 이렇게 하여 내가 십자가를 지기만 하면, 그 십자가는 이미 내가 지고 있는 것이 아니라 그 십자가가 나를 지고 있게 된다. 그리되면 마음은 기쁘고 나이를 먹어 늙어가도 희망찬 내일로 가슴 설레게 된다. 어떠한 아픔도 오히려 기쁨이 되어 나를 감싼다.

이것을 믿는 것이 믿음이다. 일단 해봐라. 해봐도 여전히 자유롭지 못하고 행복하지 못하다면 이런 말을 한 나는 거짓말쟁이가 될 것이고 성경까지도 엉터리가 될 것이다. 거듭 말하거니와 해봐라. 그대는 한없이 자유로워질 것이고 풍요를 누리게 될 것이고 행복해질 것이다. 기독교는 체험의 종교임을 알게 될 것이다.

상처라는 말은
책임전가의 수단이다

🏠 다른 사람들로부터 부당한 대우를 받기도 하며, 또 그러면 억울해하기도 하는 것이 사람이다. 나도 물론 예외일 수 없다. 나는 예수를 처음 영접한 청년시절부터 다른 사람에게 부당한 대우를 받았다고 생각되어 억울해한 경험이 많은데, 그럴 때면 생각한 것이 있다. 그것은, 억울해할 것 없다, 네게 그런 대접을 받을만한 요인이 있어서이니 억울해하지 말고 그 요인을 없애려 노력하라, 하는 것이었다.

그런데 얼마 전 TV드라마에서 상처를 받았다고 하는 말은 책임전가의 수단이다, 라고 하는 의미의 말을 등장인물의 입을 통하여 들은 적이 있다. 나는 정말 그렇다고 공감했다.

종기는 자기의 몸에서 생기는 것이지만, 상처는 외부의 직접적인 영향에 의해 생긴다. 그런데 같은 말에도 어떤 사람은 상처를 받지 않고 어떤 사람은 받는다. 또 어떤 사람은 좋은 말만 들으며 다른 사람에게 호감을 사는데, 어떤 사람은 그렇지 못하다. 결국 상처를 받았다는 말에는 오류가 있는 것이다. 자기에게 종기가 생겼든 상처가 생겼든 그 책임은 타에 있지 아니하고 자신에게 있는 것이다.

자기에게 상처를 주었다고 생각되는 사람을 향해 억울해하거나 분해할 것 없다. 자기부터 돌아볼 일이다. 그래서 그 원인이 어디에 있는가를 찾아 자기변화를 꾀해야 한다.

그러나 그게 어디 그리 쉬운 일인가. 더군다나 의지가 약하고 지혜롭지 못한 나 같은 사람은 더욱 그러하다. 그러니 평생을 별로 나아진 것이 없이 지금껏 살아왔다. 그래도, 적은 노력일지라도 안 했다고는 할 수 없으니 다행이라면 다행이다. 하나님께서는 실패를 거듭하면서도 포기하지 않은 그것까지도 인정해주시리라는 믿음이 있기 때문이다. 비록 성과는 미미할지라도 그 성과를 바라보며 노력하는 그 자체를 크게 인정해주시니 은혜가 아니겠는가.

그렇다고는 하나 이런 상태에 안주해서는 안 된다. 안주는 답보요 답보는 퇴보를 의미하기 때문이다. 파이팅을 외치며 두 주먹 불끈 쥐고 새로워지기 위해 달려가야 할 때가 바로 지금이다. 기도는 왜 있는가. 불가능을 가능케 하기 위해 있는 것이 아닌가.

생활로 드리는 예배

오, 이 '작은쥐' 예수여!

불신의 사람보다
못한 나

내가 요즈음 안 믿는 사람들과 좀 놀고 있지 않습니까? 놀아보니 안 믿는 사람들은 엉망입니다. 안 믿는 사람들은 정말 대책이 없습니다. 아무런 생각도 없이 삽니다.

지금 인기 절정에 있는 어느 목사님께서 TV 설교를 통하여 하신 말씀의 내용이다. 성직자인 목사님을 가리켜 인기 절정 운운한다는 것은 우스운 일이나 이게 현재의 우리 기독교의 실상에 맞는 말이니 이 글을 쓰는 나의 잘못은 아니다.

그건 그렇고 정말로 안 믿는 사람들은 이 목사님의 말씀처럼 다 그러한가? 나는 아니라고 생각한다. 믿는 사람들보다 더 바르게 사는 사람들이 얼마나 많은가. 잘 믿지는 못하지만 잘 믿어보려고 나름대로는 노력을 해도 항상 나아진 것이 별로 없는 나보다 훨씬 인정 있고 착하게 살아가고 있는 불신앙의 사람들을 볼 때마다 나는 부끄러워서 견딜 수가 없다.

물론 믿는 사람들과 믿지 않는 사람들 전체를 놓고 본다면 믿는 사람들이 많이 나은 것은 사실이다. 그러나 믿는 사람들은 바르고 안 믿는 사람들은 그렇지 않다는 식의 이분법적인 생각은 곤란하다. 설령 그럴지라도 우리는 더 겸손하게 안 믿는 사람들을 향해 부드러운 눈길을 주려고 노력해야 한다.

우리 믿는 사람들 가운데도 하나님의 길이 어디에 있는 것인지 알아보려고도 하지 않고 육신의 영달만을 따라 안간힘을 쓰며 살아가고 있는 사람들이 얼마나 많은가. 그들이 하나님의 길이라고 가고 있는 것이 있다면 자신의 욕심을 채워달라고 하나님을 압박하는 것을 기도로 착각하는 것이며, 소위 축복이라는 것을 받기 위하여 돈이 없어 죽어가는 이웃의 고통은 외면을 한 채 거액의 헌금을 하는 것 말고 또 무엇인가. 그들은 교회 봉사도 전도와 구제도 하나님의 축복을 받아내기 위한 거래로 하는 것이 아닌가.

이렇게 된 데에는, 축복을 받으려면 기도하라, 헌금을 하고 봉사도 하며 구제를 하라고 가르친 교회 지도자들의 영향이 없다고는 할 수 없을 것이다. 사실 '축복'은 불신 사회에서 말하는 '복'과 같지 않다. '복'은 육신에 속한 것이지만 '축복'의 가장 크고 중요한 것은 영적인 것이다. 다만 믿는 사람들이 '축복'을 '복'과 다름이 없는 육신적인 것으로 생각하고 있다는 데에 문제가 있다.

하나님은 우리의 거래 대상이 아니다. 그분은 거룩하시고 능력이시고 사랑이시니 우리가 순종해야 할 분이시며 사랑해야 할 분이시다. 우리는 그분을 믿음으로 값없이 하늘나라의 백성이 되었다. 우리가 기도를 하고, 헌금을 하고, 봉사하며 구제를 하는 것은 안 믿는 사람들이 말하는 '복'과 같은 개념의 '축복'을 받기 위해서가 아니라, 그것이 하나님께서 우리에게 가기를 원하시는 길이기 때문이다. 우리의 진정한 행복은 하나님의 지시에 따르는 데에서 나온다. 그러니 기도와 헌금과 봉사와 구제 같은 것을 하면 우리는 행복해진다. 그리 될 때 하나님께서는 우리에게 진정한 의미의 '축복'을 해주시는 것이다. 그러므로 우리는 더욱 행복해지는 것이다.

안 믿는 사람들을 비난하기 전에 나 자신부터 돌아보아야 할 일이다. 그러지 않으면 우리는 그들보다 더 탐욕스러운 사람이 되어 뭣 묻은 개 겨 묻은 개 나무라는 꼴이 되고 말 것이다.

우리가 말하는 헌신은 무엇이며
봉사와 희생은 또 무엇인가

우리 믿는 사람들이 쓰는 데에 조심해야 할 말들이 있다. 헌신이라든가 봉사, 희생 같은 말들이 그것이다. 어떠한 일이나 나 아닌 다른 사람을 위해서 자기의 이해를 따지지 아니하고 몸과 마음을 다 쏟아 붓는 것이 헌신의 사전적 의미이고 몸을 드리는 것이 문자적 뜻인데 누가 무엇을 위하여, 그리고 누구를 위하여 그렇게 한다는 말인가.

하나님과 그 나라를 위하여 열심히 일하는 사람들 가운데 자기는 헌신을 하는 거라고 생각하는 사람들이 있다. 그러나 그것은 헌신이 아니다. 자기가 해야 할 일을 하고 있을 뿐이다. 아니, 그것도 자기가 해야 할 일을 다 하고 있는 것이라고 하기가 어려운 경우가 대부분이다.

죄가 없으신 예수님께서는 우리의 죄를 모두 지시고 십자가에 돌아가셨다. 우리에게 당신의 몸을 주신 것이다. 이것이 헌신이다. 그런데 우리가 신앙상의 일을 하며 헌신한다고 한다면 말이 안 된다. 그것은 하나님을 위하여 하는 일이 아니라 나의 신앙을 위하여 하는 일이다. 나를 위하여 하는 일이라는 말이다. 다만 이러한 일을 할 때 하나님께서 기뻐하시는 것일 뿐이다. 나의 신앙이 자라 튼튼해지고 하나님께서 기뻐하시는 것이니 우리는 하나님을 바라보며 이웃을 향하여 일을 하는 것이다.

봉사나 희생이라는 말도 마찬가지이다. 교회의 일을 좀 해 놓고 봉사를 한 것이라고 생각한다면 착각이다. 열심히 일을 해 놓고는 희생적으로 봉사했다고 생각하는 사람도 있다. 믿는 사람이 하나님의 교회의, 나와 너와 우리 모두가 만나고 모여 이루어진 교회의 일을 한다는 것은 헌신도 아니고 봉사도 희생도 아니다. 나의 믿음을 위하여, 나의 하늘나라를 위하여 내가 마땅히 해야 할 나의 일을 하는 것이다. 이 일을 하지 않는다는 것은 제 일도 제가 하지 못하는 무능한 자임을 스스로 증명하는 것이 된다.

학생이 부모님의 마음을 살펴 열심히 공부를 한다는 것은 아름다운 일이다. 그러나 그것도 결국은 자기를 위한 일이 된다.

하나님께서는 우리를 향하여 '내가 거룩하니 너희도 거룩'하라(벧전 1:16) 하셨지만 도저히 불가능한 일이다. 우리처럼 나약하고 죄투성이인 인간들이 어떻게 하나님처럼 거룩하게 될 수 있겠는가. 전지전능하신 하나님께서 이를 몰라 하신 말씀은 아닐 것이다. 목표를 하나님의 거룩하심에 두고 달려가라는 뜻으로 나는 이 말씀을 이해한다.

마찬가지로 우리는 아무리해도 신앙상의 일들을 온전히 할 수는 없을 것이다. 그러나 그렇다고 타성에 젖어 일을 해서는 안 된다. 나의 하늘나라를 위하여 내가 마땅히 해야 할 일에 땀을 흘린다는 생각으로 있는 힘을 다할 때 하나님께서는 기뻐하시는 것이다. 그렇게 사는 것이 하나님께서 기뻐하시는 산제사가 되는 것이다.

오, 이 '작은자' 예수여!

늙지 않는 노인

옛날에 읽었던 헤밍웨이의 <노인과 바다>를 다시 읽었다. 주인공 산티아고 노인의 불굴의 투지로 나 자신을 격려하기 위해서이다.

노인은 어부로 누구에게도 지지 않을 만큼 힘이 장사였다. 타고난데에다가 바다에서 단련된 체력은 타의 추종을 불허했다. 끈기 또한 무서우리만큼 대단했다.

그는 뛰어난 어부였다. 그러나 어찌된 일인지 나이가 많아지면서 운이 따라주지 않는 날이 늘었다. 이번에는 84일 동안이나 한 마리의 물고기도 잡지 못했다. 85일째 되는 날, 이번에야말로 하는 마음으로 동이 트려면 아직도 먼 꼭두새벽에 조각배를 저어 바다로 나갔다. 큰 고기를 잡으려면 먼 바다로 나가야 했다.

동이 터 날이 밝고 이제는 햇살이 제법 따갑게 목덜미에 내려쬘 무렵 노인은 드리운 낚시에 입질을 시작하는 물고기를 느꼈다. 큰 놈임에 분명했다. 물어라, 이놈아! 노인과 물고기의 싸움은 시작되었다. 물고기가 낚시를 물었다. 물고기가 배를 끌고 가는 대로 내버려두어야 한다. 지치기를 기다리는 것이다. 그런데 이놈은 좀처럼 지칠 줄을 몰랐다. 노인은 지쳐 가는데 이놈은 그런 기색을 보이지 않는다. 이틀 낮과 밤을 싸웠다. 노인은 정신이 혼미해지도록 지쳤다. 손바닥에 심한 상처가 나고 팔에 쥐가 났다. 그러나 노인은 포기하지 않았다. 아니 포기할 수가 없었다.

물고기도 지칠 수밖에 없었다. 물고기가 떠올라 모습을 드러내자 노인은 놀랐다. 아직까지 본 적도 없는 큰 놈이었다. 그러고도 싸움은 오랫동안 계속되었다. 기진맥진한 물고기의 급소에 창을 꽂음으로 싸움은 끝이 났다.

그러나 개선가를 부르기에는 일렀다. 배의 길이보다도 훨씬 긴 물고기를 배에 매달고 항구를 향해 돛을 올린 노인에게 도전해오는 것이 있었다. 상어들이었다. 상어들은 노인의 생명을 뜯어가듯 물그기의 살점을 뜯어갔다. 노인은 상어들과 사투를 벌였다. 자기의 물고기를 지키기 위해 힘을 최후의 한 오라기까지 다 썼다.

그러나 사흘을 싸우고 부두에 닿은 노인에게 남겨진 것은 물고기의 머리와 앙상한 뼈뿐이었다. 노인은 이제 일어설 기운조차 남아있지 않았다. 몇 번이고 쓰러지며 집에 와 깊은 잠에 빠졌다. 노인은 꿈을 꾸었다. 사자의 꿈을 꾸었다. 바다에서 물고기와 싸우며 자꾸만 생각났던 사자의 꿈을 꾸었다.

노인은 이틀의 낮과 밤 동안 물고기와 힘든 싸움을 하면서 잠깐이

오, 이 '작은자' 예수여!

라도 잘 수 있으면 싶었었다. 자면서 사자의 꿈을 꾸었으면 싶었었다. 잠깐 조는 사이에 실제로 사자의 꿈을 꾸기도 했었다. 꿈에서 노인은 사자를 바라보며 흐뭇해했었다.

노인은 바다에서 거대한 물고기를 잡기 위해 그것과 싸우면서 그것을 잡는다는 희망을 안고 꾼 꿈에서 사자를 본 것이다. 그러나 집에 돌아온 지금의 노인에게는 허탈감만이 남아 있을 뿐이었다. 그런데도 희망 속에서 꾸었던 사자의 꿈을 다시 꾼 것이다. 노인에게는 젊은이 못지않은 젊음이 있었던 것이다. 좌절 속에서 희망을 건져내는 용기는 젊음의 특권이다.

나는 한 순교자를 주인공으로 하는 전기소설을 쓰기 위하여 아내와 함께 10년 넘게 기도해왔다. 금년은 이를 위해 대학으로부터 어렵게 안식년을 얻었다. 나도 아내도 하나님의 은혜라고 기뻐하며 감사했다. 일은 순조롭게 진행되어갔다. 자료를 수집하여 정리가 거의 끝나 A4 용지 200여 매가 되었다. 구상도 거의 다 끝났다. 이제 몇 군데 현지를 답사하고 몇 사람을 만나 인터뷰를 하면 바로 집필에 들어갈 단계에 이르렀다. 안식년이 끝나는 내년 2월말이면 집필이 끝날 것 같았다. 그런데 계획은 좌절되고 말았다. 아니 수포로 돌아갔다그 해야 할 것 같다. 억지로라도 쓰려하면 못 쓸 것도 없다는 생각이 안 든 것도 아닌데 스스로 생각을 접어야만 했으니 좌절이라는 말보다 물거품이 되었다는 말이 더 맞을 것 같다.

우리 부부는 이 한 작품을 위해 참으로 긴 세월을 기도했다. 그러면서 나는 희망으로 가슴 두근거리는 설렘을 맛보곤 했다. 나는 살아오는 동안 문학을 하게 된 것이 하나님께서 나에게 문서선교를 위한 훈련으로 허락하신 것이라고 믿게 되었다. 그러면서 준비한 것이 이 전기소설이다. 나는 이 작품에 모든 것을 다 걸었다. 그리고 기도하며 땀을 흘렸다. 때로는 가슴 찡한 감동으로 감사하며 이 일을 준비했다. 그런데 이 일이 하루아침에 물거품이 되고 만 것이다.

우리 부부에게는 자랑할 것이 단 하나 있다. 결단을 비교적 빨리 한다는 것이 그것이다. 이렇게 하는 것이 하나님 앞에서 옳다는 확신이 들면 바로 마음을 정해버린다. 육신적 손해에도 불구하고 그렇게 해버린다. 이번 일도 그랬다.

순교자에 대한 글을 쓴다는 것이 하나님의 뜻에 어긋난다고는 생각지 않는다. 하나님께서 나에게 맡겨주신 일이라고 생각하여 사명감을 안고 기도하며 일을 시작했으니 마음 뿌듯한 보람을 느껴 왔다.

교회에서의 분쟁을 보면 양쪽 다 하나님의 뜻이라며 싸운다. 여기에서 상처를 받는 것은 교회요, 하나님께서 받으실 영광은 치명적인 손상을 입는다. 하나님께서는 괴로워하실 것이다. 그런데도 양보는 없고 주장만 있다.

하나님께서는 우리 부부가 기도해온 이 사역을 바라보시며 기뻐하셨으리라 믿는다. 그런데도 하나님께서는 이 사역으로 인해 분장이 일어나는 것을 바라지 않으실 것이라는 것을 나는 안다. 그것이 우리 부부가 10여 년을 기도해온 사역을 물거품으로 돌리고 만 이유이다. (그 이유의 구체적인 과정은 건덕<健德>을 위해 생략 한다).

그래도 가슴이 아프다 못해 쓰리다. 이제 어떻게 해야 할지 모르겠다. 이 작품을 완성시키면 정년 때까지 천천히 작품을 하나 더 구상하여 써 볼 생각이었다. 정년을 하고 몇 년이 더 걸려도 좋다고 생각했다. 그런데 일이 이렇게 되었으니 그저 막막할 따름이다.

그렇다고 좌절했다는 말은 아니다. 좌절은 불신앙이니 달도 안 되는 소리이다. 다만 위기가 닥친 것일 뿐이라고 생각한다. 위기는 잘 극복하기만 하면 더 큰 은총이 있다는 것을 나는 안다. 설교를 통해서도 수없이 들어온 말이다. 그리고 그것은 진리이다. 그래서 지금은 이 위기를 극복하기 위해서 기도하는 중이다.

그러나 마음에 걸리는 것이 하나 있다. 나는 하나님 앞에서 어떤 큰 일을 하기보다는 그분 앞에서 바르게 사는 것이 더 소중하다고 생각해왔고 지금도 그렇게 생각하고 있다. 그렇게 하는 것이 하나님께 산제사로 드리는 것이요 삶을 통한 예배를 드리는 것이라고 생각하기 때문이다. 그래서 나는 이번 일을 계기로 삶을 통한 예배를 드림으로써 하나님께 한 걸음 더 가까이 나아가자는 생각으로 기도드리고 있다. 참 잘한 일인 것 같다. 그렇다면 그것으로 족하지 않는가. 그런데 그렇지가 않다. 아직도 가슴 어디엔가 구멍이라도 뚫린 듯 소슬바람이 불어든다. 가슴이 아직도 멍하게 아프다. 하나님의 일을 하겠다면서도 거기에 인간적인 욕망 또한 숨어있었다는 방증인 것 같아 마음이 개운치 않다.

이제 마음에 든 멍을 말끔히 지워내고 하나님의 음성에만 귀를 기울여야 할 때인 것 같다. 그리고 이번에는 보다 더 큰 꿈을 현실로 이루어내기 위해 영성을 길러 하나님의 뜻을 바로 분별해야 할 것 같다. 나도 오늘밤은 산티아고 노인처럼 사자의 꿈을 꾸었으면 좋겠다.

지하를 흐르는
수맥은 보이지 않는다

⛪ 일본의 가톨릭 작가 엔도 슈사쿠의 대표적인 작품들에는 하나님 아니면 예수님을 상징하는 인물이 그 중심에 있다. 나는 그의 신앙은 무척 싫어하나 그의 문학성은 아주 좋아한다. 그에게는 『사해의 주변』이라는 소설이 있다. 우리나라에도 번역 출판되어 많이 알려진 『침묵』은 하나님에 대해 썼으나 『사해의 주변』에는 예수가 등장한다.

예수가 등장한다고는 하나 우리가 믿고 있는 성경 속의 예수님이 아니라 작자가 빚어 만든 예수이다. 철저하게 무력하여 기적 같은 것은 하나도 행할 수 없는 예수, 그러나 사랑만은 극치를 이뤄 과부나 병자들이나 자식을 잃은 사람들과 항상 함께 있어 위로하는 동반자 예수로 작자는 그리고 있다.

소설 속의 예수는 사람들이 한번 알고 나면 버리거나 배반할지라도 결코 잊을 수 없는 사람으로 등장한다. 나는 여기에서 작자 엔도의 문학성에 다시 한 번 입이 딱 벌어지도록 놀랐다. 이에 대해 작가는 독자들에게 하나의 질문을 던진다. 그토록 무력하고 볼품없는 예수를 사람들은 왜 잊지 못하느냐고. 그대는 왜라고 생각하는가. 그야 물론 사랑의 예수이기 때문이다.

나는 이 장면을 읽으면서, 나도 아는 사람들이 나를 떠날지라도 그들에게서 잊혀 지지 않을 수 있다면 얼마나 좋을까 하는 부질없는 생각을 해보았다. 그렇게 되려면 믿음의 인격으로 변화되어야 하는데, 그게 그리 쉬운 일이 아니라는 데에 문제가 있다. 그렇다고 부질없는 생각이라고만은 할 수 없지 않나 한다. 어렵지만 불가능한 일은 아니기 때문이다. 믿음이란 불가능한 것에 도전하여 가능하게 하는 것이라는 게 나의 지론이다. 한번 해볼 일이다.

한번 해볼 일이다. 그러나 무엇을 어떻게? 무엇을 어떻게 해야 나를 떠나거나 배반한 사람들까지도 나를 잊을 수 없는 믿음의 인격으로 변화될 수 있겠는가? 그것은 성경의 기본정신을, 기독교의 근본정신을 깨달아 그대로 실천하는 것이다. 성경이 말하는 기독교의 근본정신이 무엇인가? 내 중심에서 탈피하여 하나님 중심으로 사는 것이 아닌가? 나보다 못 가진 사람들과 나누며 사는 것이 아닌가?

그러나 그렇게 살아야 할 내가 하나님의 몫까지 가로채고 있는 것은 아닌지 모르겠다. 성삼위 하나님이시니 예수님은 하나님이시고, 예수님은 사회적 약자에게 한 것이 당신에게 한 것이 된다 말씀하셨다.

하나님의 몫까지 가로채면서 하나님께서 계셔야 할 사람들의 중심에 내가 서 있는 것은 아닌지 돌아봐야 하겠다. 나에게서 나만 보이고 하나님은 보이지 않는지도 돌아볼 일이다. 만약 그렇다면 나는 하나님의 사람이 아니다.

지하의 수맥은 흐르는 것이 사실이지만 보이지 않은 것처럼, 나도 사람들에게 보이지는 않지만 은은한 그리스도의 향기를 풍겼으면 좋겠다. 나에게서 사람들이 예수님의 모습을 조금이라도 볼 수 있다면 얼마나 좋겠는가. 하나님의 형상대로 지음을 받은 우리들 인간이니.

오, 이 '작은자' 예수여!

햇살과 먼지

주여,

당신은 한 알의 밀에서 생명을 보시지만,

나는 같은 밀알에서 공복을 느낍니다.

당신은 아름다운 꽃을 보고 노래하시지만,

나는 그 꽃을 꺾어다 내 방에 꽂습니다.

당신은 창기를 불쌍히 여겨 영혼까지 사랑하시지만,

나는 창기들이 무섭고 불결하게 느껴집니다.

당신은 인간들을 사랑으로 지으셨지만,

나는 그들의 내면에서 미움을 봅니다.

당신은 천지에서 진리를 보시지만,

나는 세상에서 물욕을 느낍니다.

주여,

당신이 보시는 그 생명을 나도 보게 하옵시고,

당신이 이루신 그 진리에 나도 살게 하옵소서.

　사랑의 성자 손양원 목사의 신앙고백이다. 나환자 수용시설인 여수 애양원에서 환자들의 환부에 입을 대고 고름을 빨아내었던 그가, 자기의 두 아들을 총으로 쏴 죽인 좌익 학생을 사형 직전에 구해내어 아들로 삼아 사랑했던 그가 이러한 고백을 한 것이다. 실내로 비춰든 햇살이 미세한 먼지까지도 보이게 하듯이 그의 맑은 영혼은 자기의 내면에 잠재해있는 먼지만한 죄성罪性까지도 보게 하여 회개케 했던 것이다.

　그런데 나는 나의 내면에 죄의 덩어리들을 담고 살면서도 그것을 의식도 못하고 있으니 슬픈 일이다. 주여, 왜 나에게는 나의 죄가 보이지 않나이까? 예, 그렇습니다. 내 영혼이 흐려있는 까닭이옵니다. 나의 욕심이 나의 영혼을 흐리게 하여 나의 죄는 안 보이게 하고 이웃의 죄만 보이게 하나이다. 주여, 나의 욕심을 덜어내시어 나의 영혼을 맑혀 주옵소서.

길가에 휴지를
버리는 성자

우리 믿는 사람들은 하나님의 일을 해야 한다. 이에 이견을 말할 사람은 없을 것이다. 그러나 하나님의 일이 무엇이냐에 대한 대답은 일률적이 아닐 수 있다.

그렇다면 그대는 어떤 것이 하나님의 일이라고 생각하는가? 우선 교회에서 추진하고 있거나 주관하고 있는 제반 활동에 참여하는 것 등을 들 수 있을 것이다. 우리는 교회의 각 기관에 소속되어 전도도 하고 학생들을 가르치기도 하며 여전도회 혹은 남선교회의 활동도 한다. 사회에 대한 봉사활동도 하고 구제 사업을 하기도 한다. 이런 것들을 가리켜 하나님의 일을 하는 것이라는 데에도 이견은 없을 것이다.

그러나 이런 것들만을 하나님의 일이라고 할 수는 없지 않나 한다. 가정생활을 잘하고 직장과 사회생활을 잘하는 것도 하나님의 일이라고 생각한다. 물론 믿지 않는 사람들이 이런 것을 잘한다고 해서 하나님의 일을 하고 있는 것이라고는 할 수 없을 것이다. 그러나 믿는 사람들이 성경의 가르침에 따라 그렇게 산다면 그것은 분명히 하나님의 일이 될 것이다. 적극적인 하나님의 일은 못될지 모르지만 적어도 소극적인 것은 될 수 있을 것이다.

그럼에도 불구하고 우리는 어떤 특정한 일들만을 하나님의 일로 생각하기 쉽다. 그리고 거기에만 기를 쓰고 매달리려 한다. 그 일을 이루기 위해서는 남에게 피해가 좀 된다 해도 괜찮다고 생각하는 사람까지 있다. 하나님의 일을 하는 것은 최고의 가치이니 다른 것이야 좀 희생되어도 괜찮다는 생각이 의식의 밑바닥에 깔려 있는 사람들이다.

우리는 하나님의 일을 하는 기계가 아니다. 하나님의 일을 하는 일꾼이다. 기계와 일꾼의 차이는 인격이 있고 없음에 있다. 하나님께서는 우리가 기계이기를 바라시지 않는다. 심장이 뛰고 더운 피가 온몸의 혈관으로 흐르는 사람이기를 바라신다. 사람에게는 반드시 인격이라는 것이 있어야 한다. 동물도 심장이 뛰고 혈관에 더운 피가 흐르지만 사람일 수 없는 것은 인격이 없기 때문이다.

우리는 인격을 가져도 믿는 사람으로서의 그것을 가져야 한다. 말씀의 정신에 따라 형성된 인격을 가져야 한다. 그렇게 되면 가족을 주 안에서 깊이 사랑하게 되고 직장생활도 사회생활도 성실하게 할 수 있게 된다.

우리는 크리스천이기 전에 인간이어야 한다. 크리스천들의 인격은 믿지 않은 사람들의 그것보다 훨씬 더 고차원의 것이기 때문이다. 하나님의 큰일을 한다는 사람이 휴지 같은 것을 아무데나 함부로 버린다면 어떻게 되겠는가? 나는 하나님의 큰일을 덜 하는 한이 있더라도

아파트의 현관이나 엘리베이터나 길가에 떨어진 휴지 하나라도 줍는
사람이었으면 싶다.

우리가, 사회로부터 빛과 소금과 향기로서의 평가를 받지 못하고
있는 이유가 여기에 있다고 생각되지 않는가?

사과꽃 향기가
나는 사람

나는 언제부터인가 멋과 맛의 개념을 동일 선상에 놓고 생각하게끔 되었다. 눈으로 보아 좋게 느껴지는 것을 멋이라고 한다면 입의 혀에 좋게 느껴지는 것은 맛이라고 한다는 식이다. 우연인지 모르지만 우리말의 글자에서 '멋'과 '맛'은 중성 'ㅓ'를 횡으로 180도 회전시켜 놓아 'ㅏ'로 한 것만 다를 뿐 모두 같다는 것도 재미있다.

사람들 가운데에는 참으로 멋있다고 느껴지는 사람이 있다. 어딘지 사과꽃 향기라도 날 것 같은 그런 사람이 있다. 예수님께서는 우리를 보고 너희는 세상의 향기요, 빛이요, 소금이라고 하셨다. 이 세 가지 향기와 빛과 소금은 상징적인 말로 이것들이 의미하는 것은 서로 많은 면에서 겹쳐진다.

그리고 내가 말하는, 사람에게서 나는 사과꽃 향기와 예수님께서 말씀하신 향기는 크게 다르지 않다. 소금도 그렇다. 소금을 옛날에는 식물의 부패를 막는 방부제로도 썼다고 하지만, 소금의 주된 역할은 역시 짠 맛을 내게 하는 데에서 찾아야 한다. 맛 중에 으뜸은 뭐니 뭐니 해도 역시 짠맛이다. 간이 들지 않은 음식은 앙꼬 없는 찐빵만도 못하다.

　사람들 가운데에는 다른 사람에게 살맛이 나게 하는 사람이 있다. 그런 사람은 다른 사람을 기분 좋게 한다. 말로라도 다른 사람의 상처를 쓰다듬어준다. 돈 한 푼 안들이고도 절망에 빠진 사람에게 희망을 갖게 하기도 한다. 자기 돈 들여 남을 도우면서도 그 자체를 의식도 하지 못하고 있는 것 같다. 이익이 되는 일보다 손해 보는 일을 많이 하여 바보처럼 보이기도 한다.

　이런 사람에게서 나는 멋을 느낀다. 이런 사람에게서는 사과꽃 향기가 날 것 같다. 우리 주님께서 우리에게 되라 하신 사람은 이와 같이 다른 사람에게 사람 사는 맛이 나게 하는 사람이 아닐까?

맹모삼천지교보다
더 큰 교훈

⌂ 어제 고향 후배 하나를 만났다. 전에 한 직장에서 같이 근무한 적도 있는데다가 서로 마음도 맞아 지금도 기회가 있을 대마다 만나는 후배이다. 나보다 나이가 다섯 살 밑으로 성미가 급하여 어쩌다 부르르 화를 내는 것 말고는 참으로 좋은 사람이다. 무엇보다도 신앙생활을 열심히 하려고 하는 것이 참 좋아 보이는 사람이다. 모르는 사람이 보면 믿는 사람이라고 생각하기 어려울 정도로 기독교에 대한 말을 한 마디도 화제에 올리지 않으면서도 성경에 따라 살려고 노력하는 모습이 참으로 아름다운 그런 사람이다.

무남독녀의 외딸밖에 자식을 두지 못한 그가 언젠가 나에게 한 말이 있다.

"형님, 직장 상사한테 딸 자랑을 착하다며 했더니 자네 같은 사람을 보고 자란 딸이 어떻게 착하지 않겠냐고 하데요."

오, 이 '작은자' 예수여!

그렇게 말하며, 그래도 자기가 사는 모습이 주위 사람들에게 그렇게 나쁘게는 안 보이는 모양이라고 무척이나 좋아하던 그 후배가 어제도 또 딸 자랑을 했다. 자기는 월급을 받으면 그것의 십분의 이를 떼어 하나님께 십일조도 바치고 다른 헌금도 하며 이웃도 돕고 있다 했다. 그런데 부모를 떠나 직장생활을 하고 있는 그 외동딸이 다음 달부터는 월급을 받으면 십분의 이를 떼겠다고 하더라는 것이다. 그래 그것을 어떻게 하겠냐고 물으니 딸은 이리이리 쓰겠다고 했는데, 그것은 지금 자기네 부부가 하고 있는 것과 똑같더라는 것이다.

"형님, 저나 제 아내는 딸에게 헌금을 어떻게 하고 있다그 말한 적이 한 번도 없거든요. 그런데도 딸애가 그런 결정을 하는 것을 보고 놀랐다기 보다 충격이었습니다. 자식들은 자신들의 눈에 보이지 않은 부모의 모습까지도 배우게 되더라고요."

이렇게 말하고 나서 그는, 이제부터는 딸을 위해서라도 하나님의 뜻을 바로 분별하여 더욱더 바르게 살아야겠다고 했다.

나는 후배의 말을 들으며 맹모삼천지교라는 말에서 얻었던 교훈보다 더 큰 교훈을 받고 있다는 생각을 지울 수가 없었다.

내 교회!
오, 소중한 내 교회!

어느 목사님의 이야기이다. 자그마한 교회의 부목으로 계시는 목사님께서는 설교도 잘하시고 찬양인도에 기도인도까지 못하시는 일이 없는 만능이시다. 주일학교에서도 학생들의 혼을 쏙 빼어놓을 정도로 지도에 탁월한 재능을 보이신다.

그러나 단 한 가지 못하시는 일이 있다. 아니, 못하시는 것이 아니라 안 하시는 것이다. 청소 같은 남들이 싫어하는 일을 목사님께서도 싫어하셔서 안 하신다. 작은 교회이다 보니 청소를 성도님들이 하고 있는데, 청소 때만 되면 다들 이리 피하고 저리 피해 남은 것은 몇 사람뿐이고, 그나마 열심히 하는 사람은 다섯 손가락을 꼽기에도 모자란다. 성도들과 환담을 나누시다가도 목사님은 청소가 시작되면 무엇인가 서류를 뒤적거리기도 하고 어딘가에 전화를 하기도 하며 아예 비나 걸레를 들어 보려고도 안 하신다.

그러던 목사님께서 개척하여 담임목사가 되셨다. 그러더니 태도가 싹 바뀌셨다. 교인들에게 본을 보여야 한다며 청소는 물론 다른 궂은 일도 마다하시지 않는 것이다. 전부터 목사님을 알던 사람들은 하나님께서 목사님을 바꾸어 놓았다고들 한다. 나는 정말로 하나님께서 목사님을 바꾸어 놓으신 것인지, 목사님께서 스스로가 자기를 바꾼 것인지 모른다. 말은 그렇게 하지만 나는 목사님께서 스스로 자신을 바꿨다는 것을 안다.

그런데 목사님께서는 왜 자신을 바꿀 생각을 하신 것일까? 내 생각으로는 주인의식이 그렇게 만든 것이 아닌가 한다. 부목 때에는 내 교회라고 하는 주인의식이 부족했으나 담임목사가 되고 나니 내 교회라고 하는 의식이 강하게 작용했을 것이다.

내 교회? 내 교회가 어디 있는가? 교회는 내 것도 아니고 네 것도 아니다. 하나님의 교회이다. 내 아버지의 교회이니 내 교회도 되는 것이지 내 소유의 교회는 아니다. 지상의 모든 교회는 다 하나님의 교회이니 이 모두 내 교회도 된다는 말도 된다. 그렇다고 자기가 소속 된 교회와 그렇지 않은 교회가 같다는 말은 아니다. 교회는 교인 상호간의 관계로 이루어진 것이니, 나의 교회와 다른 사람의 교호는 나에게 있어서 그 의미가 다를 수밖에 없다.

그러나 담임목사나 부목사나 평신도나 내 교회라고 하는 의미에서는 다를 것이 없다. 누구도 교회에서 권리를 주장하는 주인일 수는 없으나, 누구나 다 일을 한다는 면에서는 주인이다. 교회를 위하여 기도한다는 면에서도 성도들을 사랑한다는 면에서도 주인 된 입장은 담임목사나 평신도나 다를 게 없다.

이웃 사랑이 하나님 사랑

오, 이 '작은자' 예수여!

가슴은 뜨겁고
머리는 차게

'가슴은 뜨겁고 머리는 차게 기도하라.'

내가 청년시절로 초신자 때 같은 교회의 어느 여 집사님으로부터 들은 말이다. 꽤 멋있는 말이라고 생각을 했으나 가슴에 와 닿는 것은 아니었다. 말씀하신 집사님은 오랫동안 신앙생활을 해오며 기도도 많이 하고 신앙서적도 많이 읽는 편이지만, 입이 하는 말을 몸으로 하는 행동이 따라주지 않아 사람들에게 좋은 인상을 주지 못한 분이었기 때문이다. 그리스도의 향기가 아닌 종교의 냄새 같은 것을 풍긴다고나 해야 할 분이었다.

벌써 40년이나 가까이 세월이 흐른 이제 와서 기도하다 이상하게도 불쑥 그 말이 떠올랐다. 나는 그 말의 뜻을 생각해보았다. 그리고 열정적으로 기도하되 성경에 따라 하라는 말이 아닌가 하는 생각을 하게 되었다.

열정적인 기도라고 하면 무엇보다도 우선 큰 목소리로 따발총소리처럼 빠르게 하는 기도를 머리에 떠올리는 사람도 있을 것이다. 그러나 그런 것만이 열정적인 기도는 아닐 것이다.

노화가가 느릿한 화필에 혼신의 힘을 실어 화폭을 메워가는 것을 보고 열정이 없다고는 할 수 없을 것이다. 노화가의 머릿속은 붓을 잡고 있지 않을 때에도 지금 그리고 있는 그림으로 온통 가득 차 있을 것이다. 표정에는 나타나 있지 않지만 그의 내면은 용광로처럼 뜨거운 열정으로 가득 차 있을 것임에 틀림없다.

기도 또한 입술조차도 딸싹거리지 않지만 자기의 모든 것을 하나님께 내어놓고 순종을 다짐하며 드리고 있다면, 그래서 그 사람의 내면이 하나님의 나라를 향한 비전으로 가득 찼다면 열정적이라고 못할 이유가 없다고 생각한다.

그런데 열정적인 생각이나 행동만큼 위험한 것도 없다. 어떠한 일에 몰두하다 보면 행동의 본래의 목적은 어디론가 사라져버리고 열심만 남기 쉽기 때문이다. 골인 점을 향해 달려야 하는데, 달리는 데에만 열중하다 보니 목표점을 빗나가고 있는 경우도 없지 않다. 기도 또한 마찬가지이다. 기도뿐 아니라 신앙생활 모두가 그러하다.

그렇다면 믿는 사람들이 궁극적으로 바라는 바는 무엇이겠는가. 우리가 입버릇처럼 되뇌는 하나님의 뜻이다. 우리는 하나님의 뜻이라는 말을 참으로 많이도 한다. 이래도 하나님의 뜻이고 저래도 하나님의 뜻이다. 나쁘다고만은 할 수 없는 현상이다. 그러나 문제는 그것이 무엇인지도 잘 모른 채 하나님의 뜻, 하나님의 뜻 하며 이 말을 입에 달고 산다는 데에 있다.

그렇다면 하나님의 뜻이란 무엇인가. 사랑이다. 하나님은 사랑이시니 이 사랑이야말로 하나님의 뜻임에 틀림없다. 우리의 하나님을 향한 사랑이 우리를 향하신 하나님의 뜻이다. 그렇다면 우리는 어떻게 구체적으로 하나님을 사랑을 할 수 있는가. 이웃을 사랑하는 것으로 할 수 있다. 지극히 작은 자들인 사회로부터 외면당한 사람들을 포함한 나의 이웃들을 사랑하는 것이다. 내 이웃에는 작은 자들이 없다고 하지 말 일이다. 없거든 찾으면 된다. 성경은 이런 것들을 우리에게 가르쳐주고 있다.

　이웃 사랑하라. 사랑하되 그 영혼부터 사랑하라. 그것이 그대의 비전이 된다면 그대는 하나님의 칭찬을 받을 것임에 틀림없다. 이를 위하여 기도하되 가슴을 뜨겁게 하라. 그리하면 머리는 저절로 차가워질 것이다.

기분 좋은 실수

✝ 나는 다른 것도 그렇지만 특히 예체능은 할 수 있는 것이 하나도 없다. 음악은 음치音癡이고 체육은 체치體癡여서 미술이나 스포츠 같은 것과는 담을 쌓고 산다. 그러니 운동 잘 하는 사람이 부럽고 그림 잘 그리는 사람을 보면 샘이 나기도 한다. 무엇인가 하나 배워 봤으면 하는 생각도 안 해 본 것이 아니다. 악기를 하나 다룰 수 있었으면 했다. 악기라면 어떤 것이 좋을까 하는 생각도 해 봤다. 색소폰은 어떨까. 그래, 그게 좋겠다고 생각하기도 했다. 그 음색이 다음에 들어 매료된 적도 있어서이다.

그러나 나에게는 그런 것을 배울 수 있는 여유가 없었다. 금전적이나 시간상의 여유뿐 아니라 마음의 여유도 없었다. 그만큼 헐떡거리며 바쁘게 살아온 것이다. 환갑을 맞도록 바쁘게 살았으니 이제는 억지로라도 여유를 가져보려고 색소폰을 배우기 시작했다.

그런데 이상한 일도 다 있다. 전에 섬기던 교회에서는 특송으로 몇 번 불어봤지만 큰 실수 없이 그런대로 마칠 수 있었는데, 지금의 교회로 옮겨 두 번을 시도해봤으나 모두 실수투성이었다. 긴장된 나머지 손끝이 다 떨린 것이다. 전의 교회에서는 그렇지 않았는데, 알 수 없는 일이었다. 몇 달이나 더 배웠을 뿐 아니라 4개월 전부터는 좋은 선생님을 만나 이제 제법 색소폰소리다운 소리가 나기 시작하고 있는데, 전에 않던 실수를 거듭하다니 모를 일이었다.

더구나 전 교회는 지금의 교회보다 교인수도 더 많고 교인들의 음악수준도 어느 교회에 뒤지지 않았다. 그러나 지금의 교회는 어떤가. 정신 장애인을 주축으로 하는 시설의 교회이니 수준을 따질 계제가 되지 못한다. 그런데도 그들 앞에 서면 긴장되다니 모를 일이다.

특송을 망치고 말았으니 목사님의 설교가 제대로 귀에 들어오지 않았다. 그러는 사이에 이유를 알게 되었다. 내가 그들에게, 우리집교회 가족들에게 내 나름대로의 마음을 써왔기 때문이었다.

나는 제대로 된 크리스천이 아니어서 장애인들을 만나면 거리감을 느끼곤 했다. 그래서 장애인교회로 옮겼는지도 모른다. 하여튼 이번 기회에 우리집 가족들과 가까워지기를 바라며 기도하고 있는 중에 있다. 그러다 보니 가족들이 내게는 큰 비중으로 마음을 차지하게 된 것이다. 그러니 그 가족들 앞에 서면 긴장이 되는 것이다. 이 사실을 깨닫게 되자 나도 이제 조금은 크리스천다운 크리스천이 된 것 같아서 실수를 해 놓고도 귀갓길이 기쁘고 가벼운 마음이 될 수 있었다.

하나님의 사랑을
받은 증거

☖ 하나님은 사랑이시고 기독교는 사랑의 종교라고 하는 데에 재론의 여지는 없다. 그러니 기독신자라는 단어는 사랑의 사람이라는 말과 동의어가 된다. 따라서 믿는 사람들은 누구나 사랑의 사람이 되기를 바란다. 믿음의 사람이면서 사랑의 사람이기를 바라지 않는다면 진정한 기독인일 수 없을 것이다.

그리고 믿음의 사람들은 사랑받기를 원한다. 누구의 사랑보다도 하나님의 사랑을 받고자 한다. 성삼위 하나님은 믿는 사람들의 모든 것이요 최고의 가치이기 때문이다. 그러기에 자기가 하나님으로부터 사랑받고 있다는 사실을 확인했을 때, 그리고 기도를 하다가 '내가 너를 사랑한다'고 하는 하나님의 음성을 가슴으로 들었을 때 감격의 눈물을 흘리는 것이다. 이 한 마디는 절망의 수렁에 깊이 빠져 들어가는 사람들에게 희망의 빛이 되기도 한다.

절대자 하나님의 사랑을 받는다는 사실은, 그리고 그 사랑을 확인했을 때의 감격은 우리 기독신자들의 보배 중의 보배가 된다. 그런데 우리가 하나님으로부터 사랑을 받고 있다고 하는 것만으로는 그 사랑이 완전하다고 할 수 없다. 사랑은 받는 것보다 주는 것이 더 값진 것이기 때문이다. 완전한 사랑은 주고받는 것이다. 그러나 하나님과의 사랑은 우리 인간이 먼저 드릴 수가 없다. 우리 인간은 하나님의 사랑을 받아 예수 그리스도를 나의 구주로 영접한 뒤에야 성삼위 하나님을 사랑할 수 있기 때문이다.

　그렇다면 어떻게 해야 내가 하나님으로부터 받은 사랑을 온전한 것으로 할 수 있는 것일까? 그것은, 사랑은 주고받고, 받고 줄 때 온전한 것이 된다고 하는 사실에서 답을 얻어야 한다. 하나님으로부터 사랑을 받을 때, 그리고 그 사랑을 확인했을 때, 나도 그분을 더욱더 사랑하고 또 더욱더 사랑하겠다고 하는 다짐을 해야 하는 것이다.

　그렇다면 또 우리는 어떻게 해야 하나님을 사랑하게 되는 것일까? 예배에 빠지지 않고 정성을 다하여 드리며, 기도도 더 열심히 해야 할 것이다. 그러나 이것만으로는 역시 온전히 하나님을 사랑한다고 할 수 없지 않나 한다. 보이지 않는 하나님에 대한 사랑은 눈에 보이는 사람을 사랑함으로 이루어지는 것이라고 생각한다. 내 이웃을 사랑하는 것이다.

　눈에 보이는, 보이지는 않지만 머릿속을 스치기만 해도 이 지구상의 모든 사람은 나의 이웃일 수 있다. 이 모든 사람들은 나의 사랑의 대상이 된다는 말이다. 그런데, 어떠한 면이 됐건 나보다 힘이 약한 사회적 약자에게 하는 것이 가장 값진 사랑이다.

　하나님의 사랑을 받고 있다고, 하나님으로부터 내가 너를 사랑한다는 음성을 들었다고 기뻐만 하고 있어서는 안 된다. 내가 받은 사랑을 온전한 것으로 해야 한다. 다시 말해서 하나님을 사랑해야 하고 이웃을 사랑해야 한다. 기독교의 사랑은 절대자 하나님으로부터 받아 나보다 힘이 적은 사회적 약자를 향해 나누게 될 때 온전해져 영롱하게 빛을 발하는 것이다.

오, 이 '작은자' 예수여!

하나가 열 개보다
크다는 계산 방법

"'마음에는 원이로되 육신이 약하도다' 이는 나에게 적용시키라는 것이 아니라 남에게 들려주라는 말씀이다'

내가 청년시절 예수를 영접하고 얼마 안 되었을 때 어느 강습회에 갔다가 주제 강연에서 들은 말이다. 벌써 40년 가까이 되었지만 지금까지 뇌리에 남아있을 만큼 이 말은 나에게 신선한 충격을 안겨주었다. 우리는 자기의 잘못에 대한 합리화를 위해 이 말씀을 써먹는 사람들을 가끔이기는 하지만 보는 일이 있다. 그러나 이 말씀은 그렇게 쓰라고 있는 것이 아니다. 나 아닌 다른 사람을 위로하기 위하여 쓸 수 있는 말씀이다.

일전에 시설을 운영하며 장애인들을 사랑으로 돌보고 있는 목사님 한분을 만났다. "우리 집에 와서 장애인들을 보고는 자기의 건강이 정말로 감사한 일이라는 것을 알게 되었다는 사람들을 자주 만납니다.

그럴 때면 저는 우리 가족들이 다른 사람들에게 좋은 영향을 주고 있다는 데에 적이 안도하면서도, 그들이 자기보다 불우한 사람들을 보면 하나님 앞에서 미안해해야 바른 믿음의 자세가 아니겠느냐는 생각을 하게 됩니다"라고 목사님은 말씀하셨다.

나는 얼마 전에 새로 조성된 단지의 아파트를 하나 분양받아 이사를 했다. 내가 사는 아파트는 주공에서 지은 아주 적은 평수의 임대아파트를 빼고는 단지 내에서 가장 작고 가장 서민적이다. 주위에 크고 고급스러운 아파트들이 즐비하다. 그러나 나는 우리 집을 그런 아파트들과 비교하지 않는다. 하나님의 은혜가 내게 족하다고 생각하기 때문이다. 비교한다면 속이 상할 수도 있을 것이다. 그러기에 비교하지 않고 만족해하며 즐겁게 살고 있다.

그런데 목사님의 말씀을 듣고는 내 자신이 한심스러워졌다. 아직까지 내 집을 갖지 못한 사람이 얼마나 많으며 게딱지같고 허술한 집에 사는 사람들은 또 얼마나 많은가. 미안한 생각이 스쳤다.

세상에는 물질의 은총을 누리며 살고 있는 사람들이 많다. 그러나 가난도 은총일 수 있다. 그렇지 않다면 예수님과 그분의 제자들은 저주받은 사람들일 것이다. 우리 주님께서는 "여우도 굴이 있고 공중에 나는 새도 거처가 있으되 오직 인자는 머리 둘 곳이 없다" 하셨다. 우리 주님과 그 제자들은 우리처럼 좋은 집에서 살지도 못하고 우리처럼 부드러운 옷에 하얀 쌀밥이며 기름진 고깃국을 먹지도 못하셨을 것이다.

이렇게 좋은 집에서 사는 것이 죄송하고 이렇게 좋은 옷에 좋은 음식을 먹고 살면서도 때로는 불평도 하는 자신이 부끄럽다. 죄송스럽다.

오, 이 '작은자' 예수여!

불우한 이웃과 가능한 대로 나누며 살려고 노력해 온 나이지만, 나보다 더 많이 나누는 사람들은 항상 나보다 더 가난하고 더 못 배운 사람들임을 보며 자신을 초라하게 생각해 온 나이다.

　못 가진 사람들이 자기 보다 더 못 가진 이웃과 나누는 일은 많지만, 가진 자들이 못 가진 이들과 나누는 일은 그리 흔치 않다. 부자들도 나누는 일이 혹 있다 하더라도 허리띠를 졸라매어 가며 나누는 사람들의 그것에 비하면 하찮다고밖에 할 수 없다. 물론 액수로 따진다면 가난한 사람들의 것이 부자들의 그것을 따를 수 없겠지만, 하나님의 계산법은 그런 것이 아니다. 자기의 가진 것과 나누는 양을 비해야 한다. 부자들이 가난한 사람들의 그것만큼 나눈다면 우리 사회에는 돈이 없어 신음하는 사람들이 훨씬 줄어들 것이다.

　이제 우리 상대적으로 조금이라도 더 가진 사람들은 우리 주님께서, "약대가 바늘귀로 들어가는 것이 부자가 하나님의 나라에 들어가는 것보다 쉬우니라"고 말씀하신 뜻이 무엇인가 다시 한번 생각해보아야 하지 않을까 한다.

성령충만의 결과

      성령충만이라고 하면 머릿속에 방언이라든지 병 고치는 은사나 예언의 은사 같은 것을 떠올리는 사람들이 많은 것 같다. 그리고 그런 생각을 틀렸다고는 할 수 없다. 성경도 분명히 그렇게 말하고 있으니 말이다. 그러기에 그런 것들을 얻기 위해 성령충만을 간구하는 사람들이 많은 것 같다.

  그러나 그것은 바람직한 것이 되지 못한다. 자기에게 처해진 환경이 어떠한 은사를 요하는 경우도 있으니 일률적으로 바람직하지 못하다고 하는 것에는 문제가 있지만 일반적으로는 그러하다.

  그렇다면 성령충만의 결과로 나타나는 일반적인 현상은 어떠한 것일까. 그것은 무엇보다도 깊은 은혜 가운데에 기도하게 되는 것이다. 기도는 성령님의 인도하심 없이는 불가능하다. 성령님의 개입이 전혀 없이 했다면 그것은 기도라 할 수 없을 것이다. 다시 말해서 정성을 모아 기도드렸다면 그 사람은 이미 성령님의 도우심을 받은 것이 된다.

성령충만과 기도는 서로 떼어놓고는 생각하기가 어렵다. 성령이 충만하면 기도의 깊은 골방 속에 들어가 독대獨對로 하나님을 만나게 되고, 또 그리되면 성령을 더욱 충만히 받을 수 있다. 그러니까 성령충만과 기도는 상호부조하며 충만해지고 깊어지는 것이다.

그리고 성령이 충만하면 말씀이 마음에 들어와 그것이 믿음으로 바뀌게 된다. 사고체계가 말씀에 의한 것으로 바뀐다고도 할 수 있는데, 우리는 그것을 믿음이라고 한다. 그리고 또 믿음은 하늘나라의 시민권자가 되는 새 생명이며, 새 생명은 사랑이다. 하나님께서 사랑이시니 믿음, 즉 새 생명이 사랑이라고 하는 것은 당연하다. 그러니까 믿음과 새 생명과 사랑은 서로 떼어놓을 수 있는 것이 아니라는 말도 된다. 믿음이 있다 하면서 하늘나라에 대한 소망이 없다면 그것은 거짓말이요, 믿음은 있으나 사랑이 없다 하는 것도 거짓말이다.

그렇다면 그 사랑은 누구를 향한 것이어야 하는가? 그야 물론 하나님을 향한 것이다. 그런데 눈에 보이지도 않고 만질 수도 없는 하나님을 어떻게 사랑할 수 있는가? 이는, 인간의 언어로는 표현하기가 쉽지 않다. 어렵기는 하지만, 세파로 오염된 마음을 말씀으로 정화시킨 뒤, 거기에 감사를 담아 애틋함으로 하나님께 드리는 것이라면 어떨지 모르겠다.

표현이야 어떠하든 그것이 그리 중요한 것은 아니고, 마음만을 드리는 것으로는 하나님에 대한 나의 사랑이 반쪽도 되지 못한다는 것을 우리는 알아야 한다. 무엇인가 행위가 따라야 한다. 그러기에 우리는 교회의 일을 하기도 하고 헌금을 하기도 한다. 그러나 이것으로도 부족하기는 마찬가지이다. 이것만이라면 우리는 하나님을 교회 안에만 가두어두는 결과를 낳기 때문이다.

그렇다면 어떻게 해야 하는가? 예수님께도 봉사해야 하고 믈질도 드려야 한다. 교회에 하는 것이 예수님께 드리는 것이 아니냐고 할 사람이 많을 것이다. 나도 정말이지 그렇다고 할 수밖에 없다. 교회의 머리는 예수님이시니 말이다. 그런데 예수님께서는 지극히 작은 자 하나에게 하는 것이 나에게 하는 것이고, 하지 않는 것이 나에게 하지 않는 것이라 하셨다(마25:31-46). 그러면 나에게 있어서 가장 작은 자는 누구인가? 어떤 면에서가 됐건 나보다 약자이다.

나보다 못한 사람을 사랑하는 사람이 나보다 나은 사람을 사랑하지 않을 리 없다. 나보다 못한 사람을 사랑하는 사람은 모든 사람을 사랑한다는 말이다. 이렇게 하나님의 사랑으로, 예수님의 사랑으로 이웃을 사랑하는 사람에게서는 그리스도의 빛이 나게 된다. 향기가 나게 된다. 그리고 소금처럼 녹아져 사람들로 하여금 살맛이 나게 한다.

이것이 그리스도인의 삶이고, 이 삶은 하나님께 드리는 예배요 산 제사가 된다. 예수님을 박대하면서 신령과 진정으로 예배드렸다고 하지 말 일이다.

욕심과 믿음,
그리고 사랑

나는, 믿는 사람들의 궁극적인 목표는 하늘나라에 가는 것이라고 입으로 주장하고 또 글로 쓴 적도 있다. 그런데 하늘나라는 믿음으로 간다는 것이 우리 기독교의 정설이다. 그렇다면 그 믿음이라고 하는 것을 어떻게 가질 수 있는 것일까? 그것은 하나를 놓고 하나를 붙잡는 것이다. 그 하나라는 것의 전자는 욕심이고 후자는 하나님이다. 욕심을 끌어안고 있으면서 좋은 믿음을 가진다는 것은 불가능하다. 두 손으로 농구공을 붙잡고 있으면서 축구공도 붙잡을 수는 없는 일이다. 마찬가지로 하나님을 붙잡기 위해서는, 그러니까 좋은 믿음을 가지기 위해서는 욕심을 놓을 수밖에 없다.

그러나 누구도 한꺼번에 욕심을 온전히 놓을 수는 없다. 항아리 속의 물을 바가지로 퍼내듯 내 안의 욕심들을 죽으면 죽는다는 심정으로 퍼내 가는 것이다. 그러면 내 안에는 빈 자리가 생기고 그 빈 자리는 하나님으로, 다시 말해서 믿음으로 채워져 가게 된다. 채워져 가면, 나의 마음이 믿음으로 채워져 가면 어떻게 되는가? 나는 하나님을 사랑하게 된다. 보이지는 않지만, 만져지지도 않지만, 느껴지기는 하는 하나님을 사랑하게 된다. 그리고 보이지 않는 하나님을 사랑하게 되면 보이며 만질 수도 있는 사람들을 사랑하는 것으로 그 하나님을 향한 사랑이 나타나게 된다. 보이는 사람을 사랑하지 않으면서 보이지 않는 하나님을 사랑한다는 것은 거짓말이다.

우리는 사람을 사랑하되 나보다 못한 사람을 사랑해야 한다. 사회적인 약자, 사회로부터 소외된 사람들을 사랑해야 한다. 나보다 나은 사람을 사랑하는 것도 사랑임에는 틀림없다. 그러나 나보다 나은 사람, 나보다 나은 사람은 아닐지라도 나에게 무엇인가를 해줄 수 있는 사람에게 잘해주는 것에는 무의식중에 어떠한 형태가 되었건 반대급부를 기대하는 심리가 작용하고 있을지도 모른다. 그러나 나에게 아무런 보답도 해 줄 수 없는 사람에게 잘 해주는 것은 순수한 사랑이다. 그리고 그것은 곧 우리 주님 예수를 사랑하는 것이 된다. 소자 중 하나에게 한 것이 나에게 한 것이라고 하신 예수님의 말씀의 소자는 바로 어느 모로 보든 나보다 못한 사람들이기 때문이다.

오, 이 '작은자' 예수여!

배불러도
좀 더 드세요

전에 섬겼던 교회의 어느 성도님 이야기기다. 봉급도 괜찮은 좋은 직장에 부인도 무난하고 자녀들도 다 착했다. 옷차림도 화려하지는 않지만 여유가 있어 보였다. 헌금도 많이 하는 편이고 이웃을 돕는 데에도 인색하지 않았다. 그러면서도 누구의 눈에도 두드러져 보이지 않았다. 형편이 넉넉하니까 그러려니 생각들 했다.

그러나 그분의 집에 가 보면 대개는 놀란다. 세간사리가 검소하다 못해 초라하기까지 해서이다. 식탁에도 돈이 들 만한 음식은 없다. 그러나 빈약하다는 생각은 들지 않는다. 오히려 푸짐하고 맛깔스러워 잃었던 식욕이 되살아날 것 같다. 재래시장에서 싸게 사온 재료지만 부인의 가족에 대한 사랑이 손맛으로 나타난 것이다.

언제 가도 집은 깨끗하게 정돈되어 있다. "어떻게 이렇게 집이 항상 깨끗하세요?"라고 묻기라도 하면, 부인은 "아니에요, 손님이 오시니까 청소를 한 것이에요.”라고 대답하신다. 우리 부부도 이분들에게 자극을 받아 손님 맞을 준비만은 제대로 해보려 하나 잘 되지 않는다.

사실 이분들은 수입은 괜찮아도 생활은 넉넉한 편이 못된다. 오랫동안 직장을 잃고 있다가 취직을 한 게 얼마 안 되다 보니 그 여파가 큰 것이다. 그럼에도 이분들에게서는 옹색하다는 느낌이 들기보다는 여유가 있어 보이니 모를 일이다. 비결을 물으면 이분은 “돈 쓰는 것도 기술”이라고 말한다. 그 기술이라는 것을 듣고 보면 실소를 금할 수 없다. 자기와 자기의 가정에는 될 수 있는 대로 돈을 적게 쓰고, 헌금은 하나님께 하는 것이니 힘껏 하며, 이웃을 위해 돈을 쓰는 것은 하나님의 뜻이니 노력한다는 것이다.

나에게는 손위 동서가 한 분 계셨다. 사업이 잘 되었고 인정이 많은 분이라서 형제간도 잘 챙기셨다. 나도 그분의 도움을 많이 받았다. 그런데 어쩌다 사업에 실패하여 살림이 어려워졌고 세상까지 일찍 뜨시고 말았다. 도움을 많이 받았는데 막상 그분 가족을 별로 도와 드릴 수 없는 나의 무능이 한스러울 때도 있다.

그분에게는 혼자되었지만 경제적으로 아주 잘 사는 형수가 한 분 계신다. 그분은 이 형수에게 돈을 좀 빌려 썼던 모양이었다. 그런데 형수는 빌려 쓴 돈을 갚으라며 다른 빚쟁이보다 훨씬 더 괴롭히더니, 이 시숙이 세상을 뜨고 장례를 치르자 아직 슬픔 속에서 오열하고 있는 가족에게 묏자리라도 내놓라 했다. 그렇다고 이 형수가 인색하기만 한 것은 아니다. 교회의 권사이기도 한 이분은 교회에 가면 대단한 인기이다. 헌금도 많이 하고 교인들에게 돈도 잘 쓰기 때문이다.

나도 돈 쓰는 기술을 배우고 싶다. 하나님께 헌금을 해도 같은 것이

오, 이 ‘작은자’ 예수여!

아닌 것 같다. 남을 위해 돈을 써도 다 같은 것이 아닌 것 같다. 가치 면에서 크게 차이가 나는 것 같다. 하기야 밥을 주어도 배고픈 사람에게 주어야지 배부른 사람에게 주어 인심을 얻는다고 하나님께서 기뻐하실 리 없다는 것을 나라고 모르는 바는 아니지만. <보는바 그 형제를 사랑치 아니하는 자가 보지 못하는바 하나님을 사랑할 수가 없>(요일4:20)다는 것도 모르는 바가 아니지만.

돌 맞을
사람은 나 자신

일전에 어느 목사님 부부가 운영하는 장애인 시설에 다녀왔다. 우리 주 예수님께서는 지극히 작은 자 하나에게 한 것이 곧 내게 한 것이고 지극히 작은 자 하나에게 하지 아니한 것이 곧 내게 하지 아니한 것이라고 말씀하였는데, 장애인들이야말로 이 지극히 작은 자들임에 틀림없을 것이다. 그런데도 이들 장애인들은 세상에서뿐 아니라 믿는 사람들로부터도 외면을 당하고 있는 것이 현실이다. 누구를 탓할 것도 없이 나 자신부터가 반성해야 할 문제이다.

나는 이들에게 어떻게 해야 하는지를 잘 알고 있다. 그러나 알고 있을 뿐 이들과 가까이 하고 있지 못하다. 아무리 해도 이들이 친숙하게 느껴지지 않는다. 이들과 친숙해지는 것이 예수님과 친숙해지는 것인데 안타까운 일이다.

매스컴들은 가끔 장애인 시설의 장_長들이 이들을 이용하여 자기의 배를 채우거나 이들을 학대한다고 보도하기도 한다. 그러나 감사하게도 내가 알고 있는 시설의 책임자들 가운데에는 그런 사람이 하나도 없다. 몇 군데 아는 데가 있어, 어쩌다, 정말 어쩌다 한 번씩 찾아가기도 하지만 그분들을 보면 경의를 느끼게 된다. 한결같이 헌신적인 분들뿐이다.

목사님 부부는 얼마 전에 태어난 지 한 달도 못되는 아기를 한 명 데려오셨다. 다운증후군의 아기로 심장판막증에 심장에 천공까지 있는 아기이다. 그런데 목사님 부부는 이 아기한테 푹 빠져 있는 것 같았다. 아기에게 예수님의 이름에서 한 자, 자기들이 낳은 자녀들의 항렬자에서 한 자를 따다 예쁜 이름을 지어주고 귀여워하고 있었다. 목사님은 밖에서 일을 하다가도 아기가 보고 싶어 방에 들어오기도 한다고 했다. 자기의 혈육을 기를 때는 이렇게 예쁜지 몰랐다 했다. 자기의 손자를 보게 되면 그 손자가 이보다 더 예쁠지 모르겠다는 말도 했다.

그러면서 다운증후군이라는 지능이 낮고 치료 불가능한 증상을 안타까워하셨다. 심장병은 고칠 수 있지만 이것만은 고칠 수 없는 것이다. 그러나 나는 이 아기가 성장하더라도 틀림없이 행복할 것이라고 생각한다. 목사님 부부가 옆에 있는 한 불행하지 않을 거라고 생각한다.

하기야 목사님 부부라 해서 천사처럼 바르게만 살 수는 없을 것이다. 실수도 있을 것이고 인간으로서의 욕심도 전혀 없다고는 할 수 없을 것이다. 내가 아는 다른 시설들의 내가 존경하는 분들도 마찬가지일 것이다.

같은 잘못을 해도 목사나 교사 같이 가르치는 일을 하는 사람들에게는 더 큰 비난이 쏟아진다. 사람들이 이들에게 더 높은 도덕성을 요

구하기 때문이다. 장애인을 위한 시설을 운영하고 있는 분들도 이런 면에서는 같을 것이다. 그러나 우리는 그들에게서 완벽을 바라서는 안 된다. 완전한 분은 예수 그리스도 한 분뿐이기 때문이다.

남들의 잘못을 비난하기 전에 자신을 먼저 돌아봐야 할 일이다. 자기가 욕을 하고 있는 사람보다 자기가 더 잘못한 일은 없는지 살펴볼 일이다. 만일 있다면 자기가 한 욕은 자기 자신을 향한 것이 된다는 것을 우리는 알아야 한다.

목사님 부부와 아기를 만나고 돌아오는 길에 내 자신이 그렇게 작고 초라하게 느껴질 수가 없었다. 바른 말을 하기로 들면 목사님의 입보다 내 입이 더 앞설 것이다. 그러나 행동은 내가 기어가는 동안에 목사님은 뛰어가는 것은 아닌지.

아가야, 잘 자라라. 사랑을 받으며 행복하게 자라라. 하나님께서 그렇게 되라고 너를 이 땅에 보내셨으니.

오, 이 '작은자' 예수여!

하나님의 품은 행복의 보금자리

오, 이 '작은지' 예속여!

개정민법이 우리를
얼마나 행복하게 해줄 수 있을까?

국회에서 마침내 호주제 폐지를 골자로 하는 개정민법이 통과되었다. 이로써 여성들의 법적지위가 크게 향상되었다.

옛날의 여자는, 태어나서 결혼을 하기까지는 부모를 따라야 하고, 결혼을 하면 남편을 따라야 하며, 남편이 죽으면 자식을 따라야 했다. 소위 삼종지도三從之道라고 하는 것으로 여자의 인생은 평생을 두고 자기의 것이 아니었다. 거기에다 출가외인이라 해서 시집을 가면 그날로 그 집 사람이 아니게 되었다. 이와 같은 사상은 오늘에 이르기까지 꼬리를 끌어 여성들을 괴롭혀 왔다.

그러나 이제 호주와 호적이 사라지게 됨으로 여자의 인생도 인권도 자기의 것이 되었고, 시집을 가고도 자기가 태어나서 자란 그 집의 사람으로 인정을 받게 되었다. 재혼한 여자의 자녀가 새 아버지의 성을 따를 수도 있게 되었다. 그러니 그 자녀가 같이 살고 있는 아버지와

성이 달라 느끼게 되는 소외감과 이로부터 생긴 각종 문제들로부터도 벗어날 수 있게 되었다.

나는 개인적으로 이 개정민법의 국회통과를 환영한다. 유교적 영향을 크게 받았다고 할 수 있는 현행 민법은 사실 우리 기독교의 정신과 배치되는 경우가 많다. 또 현실은 가정에서 여성의 입김이 남성보다 더 세게 작용해가는 추세에 있기도 하다. 그런데도 법 앞에만 서면 여성은 유구무언으로 당하기만 해야 했다. 재혼한 어머니를 따라온 죄로 새 아버지와 성이 달라 갖은 놀림과 모욕을 견디어야만 했던 아이들은 얼마나 많은가.

여성들도, 이혼한 부모를 둔 아이들도 행복할 권리가 있다. 그러나 민법이 개정되었다고 이들이 다 행복하겠는가. 행복해지기 위해서는 지혜와 인내와 노력을 필요로 한다.

그리고 행복하기 위해서는 무엇보다도 창조주의 섭리에 순응해야 한다. 그분의 영역 안으로 들어가야 한다. 많은 사람들은 믿음의 생활을 종교에 의해 속박된 것으로 생각한다. 그러나 아니다. 창조주 하나님의 품은 바다보다도, 하늘보다도 넓고 우주보다도 넓다. 그러므로 그분의 품안으로 깊숙이 들어가면 들어갈수록 더 크고 무한한 자유를 누릴 수 있다. 그리고 거기에는 행복이 보장되어 있다.

그분의 품을 벗어나면 거기가 오히려 숨 막히게 좁은 공간이다. 앞뒤좌우를 봐도 근심과 걱정의 벽뿐이다. 아래로 바닥도 위로 천정도 욕심이 되어 그것이 오히려 상실감으로 나를 옥죄어 온다.

이러한 말을 하고 있는 나에게 말장난하지 마라 하는 그대여, 두 눈 딱 감고 1년만 하나님의 품속으로 깊이 들어가 보라. 아니, 반년만이라도 그리해 보라. 그대는 분명히 나에게 감사하게 될 것이다.

행복의 조건

⌂ 일 년 사시사철 어느 계절이나 다 좋지만 나는 특히 봄을 좋아한다. 봄은 꽃이 있어 좋다. 고고한 자태의 백목련 자목련이 봄의 전령인양 피어 소식을 전하고 나면, 노랗게 불타는 개나리가 피어 지기도 전에 벚꽃이 한창이다. 벚꽃이 져 아쉬워할 겨를도 없이 내가 몸 담고 있는 대학 캠퍼스에는 꽃사과꽃이 흐드러진다. 꽃사과꽃은 벚꽃과 비슷하지만 보는 느낌이 많이 다르다. 벚꽃은 가까이에서 봐도 멀리서 봐도 아름답지만, 꽃사과꽃은 가까이 봐야 더 예쁘다. 꽃사과꽃 잎이 흰눈 되어 흩날리면 라일락이 제철을 자랑한다. 소녀의 분 내음보다 더 향긋한 향기가 세파에 찌든 머리를 말끔하게 씻어준다.

꽃 중에는 멀리서 봐야 아름다워 보이는 것도 있다. 산벚꽃이 그렇다. 이 꽃은 새잎이 푸르름을 더해가는 벚꽃이 질 무렵에 핀다. 연녹색을 바탕으로 해서 핀 이 꽃은 아련한 추억처럼 가슴을 부드럽게 어

오, 이 '작은자' 예수여!

루만져준다.

꽃의 아름다운 색상에 눈길이 오래 머물 수 있는 사람은, 그 향기에 오래 취할 수 있는 사람은 행복한 사람이다. 돈이 없어도 부자이다. 욕심을 버리지 않고는 꽃을 즐길 여유를 얻을 수 없다. 욕심을 버려 마음을 비울 때 꽃을 볼 수 있는 여유가 생긴다.

꽃이 다 졌다고 아쉬워할 것은 없다. 신록이 우리를 반겨주기 때문이다. 사실 나는 꽃보다 신록을 더 좋아한다. 그냥 좋아하는 것이 아니라 이에 흠뻑 빠진다. 그 연하디 연한 녹색, 그 때 묻지 않은 푸르름이 나를 사로잡고 마는 것이다. 이것에는 가슴 설렘이 있고 내일을 기약하는 희망이 있다. 무엇보다도 이것에는 생명력이 있다. 나약하기만 한 새싹에 우주를 담은 생명력이 있다.

나는 이번에 앓고 나서 건강을 위해 한 주일에 몇 번은 걸어서 출근을 하기로 했다. 걷는 시간이 참으로 행복하다. 걸을 수 있는 길이 있어서 행복하고 따스한 햇살이 있어서 행복하다. 새잎의 푸르름이 눈에 가득하니 더욱 행복하다.

나는 이번에 좀 많이 앓았다. 그런데 앓고 나서 나는 더욱 행복해졌다. 같이 먹고 자는 가족이 있어 행복하고, 우리 집이 산 속에 홀로 있지 않고 사람들이 모여 사는 곳에 있어 행복하다. 앓고 났다고 달라진 것은 없지만, 행복을 느낄 수 있는 자아가 자기의 자리를 찾은 것이다. 욕심을 조금은 버렸다는 말도 된다.

돈이란 참으로 이상한 것이다. 마치 소금물을 마시면 마실수록 갈증이 더하듯, 많으면 많을수록 만족하지 못하는 것이 이 돈이라는 것이다. 돈이 없을 때는 인정 많던 사람이 돈맛을 본 뒤에는 그 따스했던 인정이 점차 사라져 돈과 인정을 맞바꾼 것이나 아닌지 하는 생각이 들기도 한다.

나는 자신을 돈이 없지만 행복한 사람이라고 생각하고 있다. 그러나 돈이 있고도 행복한 사람도 있다. 돈의 노예가 되는 것이 아니라 돈을 누릴 줄 아는 사람은 돈 없이 행복한 사람보다 더 행복한 사람이다.

오, 이 '작은자' 예수여!

행복이라는
파랑새는 어디에

🏠 인간은 자기가 있어야 할 위치에 있을 따 가장 행복하다. 부모로서, 자식으로서, 가장으로서, 주부로서 자신의 정 위치에 있을 때 자신도 행복하고 가정도 행복하다.

가르치는 자는 가르치는 자로서의 위치가 있고, 배우는 자는 배우는 자로서의 자리가 있다. 직장인은 직장에서 해야 할 일이 있고, 인간이 사회적인 동물(?)인 이상 누구에게나 사회인으로서의 책무가 있다. 인간 모두는 자기의 위치에서 자기의 일을 성실히 할 때 행복할 수 있다. 자기만이 행복한 것이 아니라 자기가 속해 있는 직장이나 사회가 모두 행복해진다.

그렇다면 우리 크리스천들의 위치는 어디이고 할 일은 무엇인가? 성경은 너희 몸을 하나님이 기뻐하시는 거룩한 산제사로 드리라. 이는 너희의 드릴 영적 예배니라(롬12:1)고 말한다. 이 말씀 가운데에 우리가 있어야 할 위치와 해야 할 일이 충분히 드러나 있다. 우리의 몸을 하나님께 산제사로 드리는 것이 우리가 해야 할 일이고, 그러니 우리가 있어야 할 위치는 당연히 하나님의 앞이다.

우리는 하나님 앞에 나갈 때 행복하다. 그리고 나의 몸을 하나님께 산제사로 드리게 되면 그 행복은 완전한 것이 된다.

제사에는 제물이 있어야 하고, 그 제물은 제사를 받으시는 분께 온전히 드려야 한다. 제물은 통째로 온전히 드리지 않으면 받으실 분이 받지 않으신다. 그것도 억지로 드리는 것이 아니라 기쁨으로 드려야 한다. 이와 같은 개념은 조상에게 드리는 유교식 제사에도 마찬가지로 적용된다.

그런데 성경은 그 제물이 우리의 몸이라고 말하고 있다. 생각해보면 무서운 말이다. 제물을 산 채로 제단에 올릴 수는 없는 일이기 때문이다. 그러니 이 말씀은 나더러 죽으라 하고 있는 것이 된다. 정말로 죽으라는 것이다. 우리 주님 예수 그리스도처럼 말이다.

예수는 그렇게 믿는 것이다. 죽으면 죽는다는 각오로 믿는 것이다. 그러면 사는 것이다. 믿음의 사람들이 살기 위하여 시류에 휩쓸린다면 그것은 산 것이 아니다. 죽은 것이다. 살기 위하여 남을 속이고, 재산 증식이라며 그럴싸하게 포장하여 부동산투기를 하고, 많이 가지고 있으면서 적게 가진 자의 것을 넘보는 것은 살아 있으나 죽은 것이다. 죽은 물고기는 물살을 거슬러 올라가려는 노력을 하지 않는다.

죽으면 죽는다는 각오로 믿음의 길을 걷는다면 죽지 않고 필연적으로 살게 된다. 에스더가 그랬던 것처럼 말이다. 힘이 약해 악한 세태에 떠밀리게 될지라도 그렇게 되지 않으려고 발버둥을 쳐야 한다. 살

아있는 물고기가 세찬 물결에 떠내려가면서도 거슬러 올라가는 것을
포기하지 않는 것처럼. 그러면서 전능하신 하나님께 구원을 요청하는
것이다. 그러면 사랑의 하나님께서는 악으로부터, 세태로부터 나를 지
켜주신다. 죽으면 죽는다는 각오로 당신의 길을 가겠다는 당신의 자식
을 외면하실 하나님이 아니다. 그러므로 나는 승리하는 삶을 살게 되
고 행복을 누리게 된다.

인본주의라는
말의 매력

　　⛪ 나의 가장 큰 소원은 우리 부부와 자식들이 하나님 중심,
하나님 제일주의, 하나님 우선으로 사는 것이다. 내가 원하는 이 세
가지를 한 마디로 표현한다면 신본주의가 될 것이다.

　그런데 신본주의의 반대개념은 인본주의가 아닐까 한다. 그리고 인
본주의란 참으로 매력 있는 말이다. 보다 인간다운 인간을 지향하는
주의이니 매력이 없을 수 없을 것이다. 인간을 억압하고 구속함으로써
인간성을 말살시키려는 모든 것들로부터 인간을 해방시키는 인간존중
주의가 인본주의이니 당연히 매력이 있는 것이다.

　그렇다면 신본주의는 어떠한가. 신본주의는 인간을 억압하고 구속
하는가. 기독교는 철저하게 하나님 중심주의, 즉 신본주의인데 기독교
는 인간을 억압하고 구속하는가.

　사실 인본주의는 중세 유럽에서 그릇된 종교에 대한 반작용으로 태

동되었다. 그때는 종교가 정말로 인간을 속박하였다. 고회의 면죄부 판매가 대변해 주듯이 종교는 부패했다. 그러나 기독교의 본연의 모습은 그런 것이 아니다. 기독교는 어떠한 종교보다도 인간을 존중한다. 사랑이신 하나님께서는 인간 개개인을 천하보다도 귀한 존재로 여기신다.

그런데 여기에서 우리가 잊어서는 안 될 것이 있다. 그것은 하나님께서 천지를 창조하셨고 인간을 만드셨다는 사실이다. 하나님께서 절대자라는 말이다. 그러므로 우리 인간이 가장 인간다울 수 있는 길은 단 하나, 하나님의 품에 안기는 것이다.

하나님께서는 인간을 억압하거나 구속하시지 않는다. 우리 스스로가 하나님의 품을 그리워하며 거기에 안기기를 원할 뿐이다. 하나님 앞에서 우리는 젖먹이 이상도 이하도 아니다. 젖먹이에게는 엄마의 품보다 안전한 곳이 없다. 젖먹이에게 있어서의 엄마의 품을 속박이라고 해서는 안 된다. 젖먹이는 엄마의 품에 안겨있을 때가 가장 안전하고 행복하다.

철저하게 하나님 밑으로 들어가서 순종할 때 인간은 가장 행복한 것이다. 하나님께 대한 순종을 속박이라고 생각하는 사람들은 불행하다. 그런 사람들에게는 헌금도 헌신도 기쁨이 아니라 부담일 뿐이다. 인간에게는 물욕이라는 것이 있다 보니 헌금이 부담스러울 때가 있는 것이 사실이다. 그러나 절대자 하나님의 뜻에 따르는 것이라고 생각하여 한다면 헌금은 충분히 기쁨이 된다.

보다 인간다운 인간이 되기 위한 가장 확실한 길은 철저하게 하나님 중심으로 사는 것이다. 바꿔 말하면 철저한 신본주의에 입각하여 살 때 인간은 가장 인간다워진다는 말이다. 거기에 진정한 인간의 행복이 있다.

　신본주의는 인본주의의 반대개념이 아니라 진정한 인본주의를 이뤄
내는 방법이다.

오, 이 '작은자' 예수여!

가장 나다운 나,
내가 가장 행복한 사람이다

믿는 사람들의 궁극적인 목표는 하늘나라이다. 그러기에 예수님께서는 먼저 그 나라와 그 의를 구하라 하셨을 것이다. 우리는 무엇인가를 하나님께 구할 때면 기도로 한다. 그런데 기도는 구하는 것만이 아니다. 자신을 쳐서 복종하겠다는 의미가 함축된 경배가 있고, 하나님의 무한한 은혜를 기리는 찬양이 있고, 사랑의 고백이 있고, 넘치는 감사와 기쁨이 있다. 그리고 간구가 있다.

간구에도 육신의 필요를 채워주시라는 것만이 있는 것이 아니다. 먼저 그 나라와 그 의를 구하라, 그리하면 이 모든 것을 더하시리라 하신 말씀에서 보듯이 그런 것들은 한참이나 뒤로 물러나 있는 것들이다.

하늘나라에 가기 위해서는 이 땅에서 그의 의, 그러니까 하나님의 의를 실현시켜야 한다. 그렇다면 하나님의 의란 무엇인가. 믿는 사람들이 흔히 말하는 하나님의 뜻이다. 다리가 없는 큰 강의 건너편으로

가려면 배를 타야 하듯이 우리는 하늘나라에 가려면 세상이라고 하는 강을 하나님의 의라고 하는 배를 타고 건너야 한다. 세속의 배를 탔다가는 하나님의 나라가 아닌 마귀의 나라인 지옥으로 떨어지고 만다.

세속의 배에는 우리를 유혹하는 것들이 참으로 많다. 물질, 명예, 성 같은 것들이 끊임없이 우리의 마음을 자극한다. 이런 것들이 다 나쁘다는 말은 아니다. 물질이 없으면 생명을 부지할 수 없는 것이 인간이요, 명예도 하나님의 사역을 하는 데에 큰 힘이 될 수 있다. 성이 없으면 인간은 더 이상 존재할 수 없고, 이야말로 가장 숭고하고 아름다운 것일 수 있다. 다만 문제가 되는 것은 이런 것들이 최고의 가치가 되어서는 안 된다는 것일 뿐이다. 우리의 최고의 가치는 하늘나라요 하나님의 의이다.

그렇다면 우리는 어떻게 하여 그의 나라와 그 의를 구하여 나의 것으로 할 수 있는가. 우리가 귀에 딱지가 앉도록 들어왔고 입이 아프도록 말해온 하나님 중심으로 사는 것이다. 그런데 하나님 중심으로 산다는 것은 그리 쉬운 일이 아니다. 자신의 모든 것을 하나님의 뜻에 맡길 때에만 가능한 것이다. 아전인수식으로 생각하는 하나님의 뜻이 아니라 내 논이 아닌 하나님의 논에 물을 대는 마음으로 생각하는 그런 하나님의 뜻에 다 맡길 때만이 우리는 하나님 중심의 삶을 살 수 있다.

그런데 그렇게 하면 정말 하나님 중심이 되는가. 그렇다. 그렇게 하면 분명히 하나님 중심의 삶을 살게 될 것이다. 그렇다면 그렇게 하나님 중심으로 살면 나는 어떻게 되는가. 하나님의 의를 이루어 하늘나라에 가게 된다. 하늘나라는 물론 죽지 않고는 갈 수 없다. 그러나 그것은 살아서도 누릴 수 있다. 적은 물질을 가지고도 많은 물질을 가진 자들이 못하는 나눔의 행복을 느끼며 풍요를 누릴 수 있다. 역경 속에서도 전능하신 하나님을 바라보며 기도함으로 희망을 안고 살 수가 있다. 자기 배우자 한 사람만으로 성애性愛를 극대화시켜 아름다움을 만들어낼 수가 있다.

하나님 중심으로 산다는 것은 하나님을 위하여 산다는 말인데, 정말로 하나님을 위하여 산다는 것은 정말로 나를 위하여 사는 것이 된다. 이기주의를 자기에게 이롭게 하는 것이라고 정의를 내릴 수 있다면, 하나님 중심의 삶이야말로 가장 이기주의적인 것이 될 것이다. 그러나 진짜 이기주의는 다른 사람이야 어떻든 자기의 이익만을 생각하는 것이니 이것이 하나님 중심과는 정반대의 것이 되는 것이다.

하나님 중심의 삶은 나를 진정으로 이롭게 하고 다른 사람들도 행복하게 하는 결과를 낳는 것이니 이를 마다할 이유가 어디 있겠는가. 그리고 나는 하나님의 형상대로 지음을 받았으니 하나님께 모든 것을 맡겨 우리 주 예수 그리스도를 닮아 가는 것이 가장 나다운 내가 아니겠는가.

하나님의 형상인 사람은
남자인가 여자인가

성경은 하나님께서 사람을 당신의 형상대로 지으셨다고 기록하고 있다. 그렇다면 그 형상이란 어떠한 것인가. 눈도 있고, 귀도 있고, 코도 입도 있는 그런 형상인가. 그렇다면 또 그 형상은 남자인가, 여자인가. 이도 저도 아닐 것이다.

하나님의 형상이란 그런 외형적인 것이 아니라 내면적인 것일 게다. 마음일 것이라는 말이다. 하나님의 본질은 사랑이시니, 하나님께서 인간을 지으실 때 사랑의 마음을 넣어 지으셨을 것이다. 선하게 지으셨을 것이다.

그런데 최초의 사람 아담과 그 아내 하와가 사단의 꾐에 빠져 죄를 범하므로 하나님의 형상인 사랑의 선한 마음은 오염이 되기 시작한 것이다.

그리스도인은 믿음으로 구원을 받았다. 죽어 하늘나라에 갈 티켓을

땄다는 말이다. 잘 믿고 잘 못 믿고 간에 예수를 믿으면 천국에 간다. 그럼에도 잘 믿으려는 사람들은 믿음으로 새로워지려고 기도하며 노력한다. 그래서 더 잘 믿게 된다.

그런데, 믿기만 하면 어떻게 믿든 구원을 받는데 무엇 때문에 굳이 어렵게 잘 믿으려고 하는 것일까. 잘 믿으면 하늘나라에 가서 하나님의 상급을 받는다고 하는데, 그것 때문인가. 그렇게 생각하는 사람들도 많은 것 같은데, 아니다. 많은 것들은 본래의 자기 모습으로 돌아가려고 하는 성질이 있다. 사람도 마찬가지이다. 그래서 하나님께서 당신의 형상대로 지은 그 본래의 형상대로 돌아가려고 하는 것이다.

사람은 누구에게나 나름대로 착해지고자 하는 마음이 있다. 다만 그 마음이 죄에 묻혀 고개를 들 수 없는 것일 뿐이다. 그러나 잘 믿고자 하는 사람은 이미 그 죄가 많이 사라졌음으로 본성을 회복하고자 하는 마음이 선명하게 드러나게 된다.

사람은 행복해야 한다. 그 어떠한 것도 자신을 불행하게 하는 것이라면 버려야 한다. 우리가 믿는 궁극적인 목적은 하늘나라에 있지만, 우리는 또 믿음으로 이생에서 행복을 누리게 되어 있다. 하나님께서 지시하신 대로 잘 믿는 사람들은 행복할 수밖에 없다. 그것은 곧 사람이 본성을 회복하는 것을 의미하고, 본성을 회복하면 행복할 수밖에 없기 때문이다.

사람이 본성을 회복하면 하나님께 가까이 가게 되고, 하나님께 가까이 가면 본성은 회복된다. 어떻든 본성인 사랑을 회복하여 선한 사람은 하나님의 품에 있게 된다. 그러니 행복하다. 이 세상 어디에 하나님의 품보다 더 안전한 포구가 있겠는가. 더 따스하고 포근한 보금

자리가 있겠는가.

　우리 모두 행복하기 위해서라도 잘 믿어 인간의 본성을 회복하자. 그러면 하나님께서도 기뻐하시고 하늘나라에 가서는 상급도 받을 것이니 마다 할 이유가 없지 않은가.

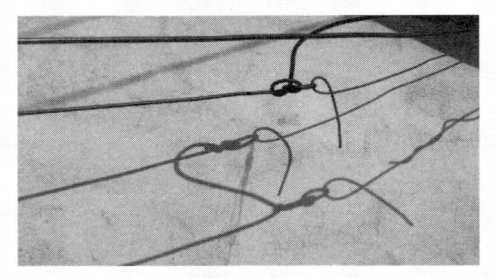

일곱 번씩 일흔 번이라도
용서하라는 말의 뜻

일제 36년은 우리 한민족에게 있어 비극 중의 비극이었다. 그런데 8.15해방을 맞고도 일제로 인한 비극은 끝나지 않았고 꼬리를 끌어 오늘까지 이르고 있다. 친일의 잔재를 청산치 못했기 때문이다. 청산을 하기는커녕 해방 뒤의 집권자들은 그들을 중용했다. 새 사람을 찾아 가르쳐 가며 일을 시키기 보다는 일제에 빌붙어서 관직이며 그 외의 특권을 누렸던 자들의 그 경험을 써먹는 것이 편해서 그들을 정부나 각 기관의 요직에 앉혔다.

다른 사람들이 일제의 착취로 자식들을 가르친다는 것을 엄두도 못 낸 채 굶주린 배를 움켜쥐고 고통스러워할 때 친일파들은 동족을 착취하고 괴롭힌 덕분에 배를 두드려 가며 실컷 먹고 자식들을 많이 가르쳤다. 그러한 학식과 재물의 세습이 이어져 오늘에 이르렀다. 그래서 지금도 그 친일파의 자식들은 사회적 지위와 재물을 움켜쥐고 앉

하나님의 품은 행복의 보금자리

아 그러지 못한 사람들을 우습게 여기며 멸시하고 있다.

우리 기독교도 세상과 크게 다르지 않다. 신사참배에 앞장섰던 자들이 해방이 되자 조선의 교회가 살아남을 수 있었던 것은 자기들의 덕이라고 씨알도 안 먹히는 소리로 떠들어댔다. 우리가 교회를 위하여 그 치욕을 참으며 신사참배를 했기에 교회가 문을 닫지 않고 살아남을 수 있었지 당신네처럼 거부하기만 했다면 이 땅에는 교회가 하나도 남아나지 않았을 것이라고 해방으로 옥중에서 풀려나온 사람들에게 강변하였다.

얼핏 듣기로는 그럴듯할지도 모른다. 그러나 아니다. 형 가인에게 죽임을 당한 아벨은 무력하게 땅속에서 썩어갔다. 그러나 아벨이 흘린 피는 소리쳤고 하나님께서는 그 소리를 들으셨다. 일제에 무릎을 꿇었던 저들의 말처럼 우리 조선의 기독교인 모두가 신사참배를 거부했다면 이 땅의 교회들은 일시적으로나마 모두 문을 닫았을지도 모른다. 그러나 만약 그리되었더라면 우리민족은 해방을 그만큼 빨리 맞았을 것이다. 아벨의 피 소리를 들으신 하나님께서는 언제든지 오늘도 살아계셔서 우리를 지키시고 계시기 때문이다.

우리는 이웃의 잘못을 용서해야 한다고 한다. 하나님의 말씀이니 이견이 있을 수 없다. 그러나 모든 것을 다 용서하라는 말은 아니다. 조상 덕분에 떵떵거리고 살면서 그 조상의 친일행각을 감추기에 급급하며 약자를 업신여기는 자들이나 신사참배는 교회를 살리기 위한 희생이었다고 큰소리치는 자들까지 용서하라는 말은 아니다. 물론 이들이 하나님 앞에서 철저하게 회개하고 사람들 앞에 용서를 빌었다면 그보다 더한 것이라도 용서해야 한다. 그러나 잘못해 놓고도 그 잘못을 인정하지 않는데도 용서 운운하는 것은 죄짓는 자들이 앞으로도 계속하여 그리하도록 하라는 말과 다를 것이 없다.

죄를 짓고도, 뉘우치지도 회개하지도 않는 자들은 용서의 대상이 아니라 불쌍히 여겨야 할 자들이다.

봄이 오는 소리가 들린다

🏠 나는 20대 중반에 예수님을 영접하였다. 좀 더 자세히 말하면 나는 그때 우주만물의 현상에서 창조주의 손길을 보고 하나님을 믿게 되었고, 따라서 자연스럽게 예수를 나의 구주로 영접하게 되었다.

그 이듬해, 그러니까 성삼위 하나님을 믿기 시작하여 처음 맞는 봄이었다고 기억된다. 아직 2월의 찬바람이 매서운 가운데에서도 나는 시냇가의 버들개지에서 봄을 느꼈고 언 땅이 풀린 흙 속에서 새싹들이 기지개를 켜고 있는 소리를 하나님의 숨결로 들을 수 있었다. 그 새싹들이 돋아 푸른빛을 더해갈 때는 가슴 벅찬 환희로 내 영혼은 노래했다.

그 해 봄은 어쩐 일인지 보리 싹이 수북이 자랐는데도 함박눈이 탐스럽게 쏟아져 대지를 온통 새하얗게 덮어버렸다. 그래도 그 눈은 봄눈 녹듯 한다는 말이 있듯이 쉬 녹아가고 있었다. 수북이 자란 보리

싹들이 소복이 쌓인 눈을 힘겹게 이고 있던 그때의 도습이 수십 년이 지난 지금도 눈에 선하다. 그때 나는 연약해 보이기만 한 보리 싹이 차가운 눈에도 얼어 죽지 않은 생명력에 놀랐고 또 거기에서 하나님의 섭리를 보고 경외감을 느꼈다.

그 무렵만 해도 도시를 가로질러 흐르는 냇물이 옥수처럼 맑아 무더운 여름밤이면 사람들이 나와 목욕을 하기도 했다. 그러던 것을 사람들이 지금처럼 만들어버린 것이다. 그러나 나는 그런 사람들을 나무랄 수가 없다. 나도 그 사람들 가운데 한 사람이기 때문이다.

나는 내 안을 들여다보기가 겁이 난다. 저 오염된 도시의 냇물보다 더 악취가 나게 더럽혀져 있을 것임에 틀림없기 때문이다. 아니 일부러 들여다보지 않아도 구토가 나도록 더럽혀져 있는 것이 보이기도 한다.

도시를 흐르는 냇물이 아무리 오염이 되어있다 해도 거슬러 올라가고 올라가면 그 원류는 아직도 맑은 샘물일 것이다. 냇물보다도 더 심하게 오염되어 버린 내 영혼을 맑히려면 나의 원류를 찾아 그 속에 잠기는 수밖에 없다.

나의 원류는 어디인가. 창조주 하나님이다. 예수를 믿는 사람이라면 다 아는 일인데도 나를 포함한 사람들은 원류를 찾아 거기에 잠기려 하지 않는다. 열심히 교회에는 나가는데도, 기도도 열심히 하는데도 거기에 잠길 생각은 하지 않는다. 잠겼다가는 질식하여 죽을까봐 목은 세상 밖으로 내놓고 있다. 어떤 사람은 아예 거기에 들어서는 것조차 두려워한다. 믿지는 않고 교회의 문턱을 닳게 하는 사람들이다.

지은 죄를 해결하겠다고 혼자서 괴로워하지 말 일이다. 괴로움만 키울 뿐이다. 자신의 원류이신 하나님께 맡기고 회개할 일이다. 회개는 잘못했다는 고백만으로는 부족하다. 나의 모든 것을 다 내려놓고 그분의 뜻대로 살아가겠다고 하는 결단이 필요하다. 이러한 회개가 이루어지면 나의 오염된 영혼은 맑고 맑은 샘물처럼 생수가 될 것이다.

오, 이 '작은자' 예수여!

회개와 뉘우침으로 성화를

오, 이 '작은자' 예수여!

붉은 염료로 희게
물들이는 방법

내 자신을 돌아다보고 싶다. 내 안을 들여다보고 싶다. 그런데 나는 안 보이고 다른 사람만 보인다. 나의 허물은 작게 보이고 다른 사람의 허물만 크게 보인다. 은혜가 없음이다. 성삼위 하나님과 나의 사이가 멀어졌다는 말도 된다. 죄가 무엇인가. 내가 하나님으로부터 멀어져 있는 상태가 아닌가.

방법은 있다. 십자가 밑으로 나아가는 것이다. 손과 발에 못이 박히고 옆구리가 창에 찔려 물과 피를 흘리고 있는 예수의 십자가 밑으로 나아가는 것이다. 그래서 나의 머리로 그 피가 몇 방울만 떨어지면 된다. 아니 한 방울로 족하다. 그 한 방울의 피는 나의 온몸을 적시기에 족하니까. 그 한 방울의 피는 나를 붉게 물들이기에 족하니까.

그런데 참 이상한 일이다. 나의 몸은 붉게 물들었는데, 나의 죄는 눈과 같이 희게 된다. 나의 마음과 몸이 다 깨끗해진 것이다.

그런데 문제가 하나 있다. 십자가로 나아가는 데에 장애물이 하나 있다. 그것은 엄청나게 큰 것이다. 그러나 생각하기에 따라서는 아주 아주 작은 것이 되기도 한다. 그것은 '결단'이라는 장애물이다. 결단을 내리는 것이다. 나를 하나님께 맡겨버리겠다는 결단 말이다. 그 결단은 순종을 의미한다. 가라는 데로 가겠습니다, 하라는 대로 하겠습니다, 하는 순종 말이다. 죽음까지도 포함한 순종, 이것이 믿음이다.

순종은 자신을 부정한다. 자신을 모두 다 버린다. 그런데 기독교는 참으로 이상한 종교이다. 자신을 철저하게 부정하고 자신을 철저하게 버리면, 하나님을 위하여 그렇게 하면, 내 자신이 가장 소중하게 되고 가장 행복해진다. 진정한 내가 된다.

많은 사람들은 이것을 알지 못한다. 인본주의를 외친다. 무엇도 인간보다 소중한 것은 없다고 말한다. 딴에는 옳은 말이다. 그러나 그들은 알지 못한다. 하나님을 위하여 나를 버리는 것이 가장 나를 위하는 것이 된다는 것을. 내 한 사람이 천하보다 귀하다고 하는 기독교의 진리를.

자, 이제 십자가 밑으로 나아가자. 기도의 깊은 골방으로 들어가 조용히 무릎을 꿇자. 하나님 아버지, 제가 결단을 내렸습니다, 명령만 내려 주옵소서, 그렇게 하겠나이다, 하고 기도드리자. 그리고 성경말씀을 머리에 떠올리자. 하나님의 음성이 들릴 것이다.

벤허

영화 "벤허"는 크리스천뿐 아니라 영화를 보는 사람이라면 누구에게나 고전이 되었다. 몇 번을 보아도 실증나지 않고 새로운 감동과 감격이 있다. 나도 여러 번 보았으나 볼 때마다 가슴에 스며드는 느낌이 크다. 인간이 만들었다고는 믿어지지 않을 정도로 놀라운 영화이다.

그러기에 크리스마스 때면 반드시라고 해도 좋을 정도로 어느 방송사에선가는 이 영화를 방영한다. 이번 성탄 때에도 예외가 아니었다. TV의 스위치를 넣자 "벤허"의 화면이 떠올랐다. 영화는 끝나가고 있었다.

주인공 유다 벤허에게는 어머니와 사랑스러운 누이동생이 있었다. 그런데 벤허와 떨어져 있는 동안에 그녀들은 현대인들이 한센병이라고 부르는 나병에 걸려 있었다. 손가락은 오그라들고 얼굴은 문드러졌다.

모녀는, 예수가 붙잡혀 십자가에 못 박힐 때에는 문둥이 계곡에서 나와 있었다. 예수가 못 박힌 사지四肢의 고통으로 몸부림을 칠 때 하늘은 찢는 듯 소리쳤고 땅은 흔들렸다. 하나님께서는 자신의 아픔을 그렇게 표현한 것이었으리라.

폭우가 쏟아지고 예수께서 흘리신 피는 빗물에 씻기어 낮은 곳으로 흘러내렸다. 붉게 물든 빗물은 그렇게 높은 곳에서 낮은 데로 흘러내렸다. 모녀는 형장刑場에서 떨어진 곳에서 두려움으로 떨며 비를 피하고 있었다. 그곳에도 피로 물든 빗물은 흘러내려 왔다.

그때 믿을 수 없는 일이 일어나고 있었다. 딸이 말했다.

"감각이 생겼어요. 너무 아파요."

어머니도 말했다.

"나도 그렇구나."

천형天刑이라고 불리는 그 무서운 병이 나은 것이다. 예수의 피가 낫게 한 것이다.

예수의 피! 이 얼마나 놀라운 능력인가! 이 피가 문둥병보다도 더 무서운 우리의 죄를 흰 눈보다도 더 깨끗하게 씻어 주셨으니 이를 어찌 말로 다 표현할 수 있으리오.

희망찬 새해가 밝았다. 아직도 못다 해결한 죄가 있는가. 회개할 일이다. 저렇게 붉게 떠오른 새해의 새 태양처럼 나의 한 해도 밝기 위해서 회개할 일이다.

오, 이 '작은자' 예수여!

거울아, 거울아!

　　⛩ 북한의 핵문제로 국제사회가 어수선한 틈을 타서 고이즈미小泉 일본총리가 기습적으로 야스쿠니 신사靖國神社에 참배를 했다. 야스쿠니 신사는 태평양전쟁을 일으킨 전범들의 위패를 놓아둔(그들은 모셔놓았다고 한다) 사당이니 전쟁의 큰 피해국인 우리나라와 중국 등으로서는 도저히 용납할 수 없는 처사이다. 한·중·일 삼국이 힘을 모아 북한의 핵문제를 국제적으로 풀어나가야 할 중대한 시점을 역이용하여 이런 교활한 짓을 하다니 이들에게 분노보다 절망을 느낀다. 하기야 교활하다는 것은 이들 일본인의 특성인 섬나라근성島國根性; 시마구니곤조이 아닌가.

　　그들의 못된 섬나라근성이라고 하는 면에는 교활하다는 것에 앞서는 것이 있다. 강자에게는 약하고 약자에게는 강하다는 것이 그것이다. 일본어 이지메(いじめ; 괴롭힘)는 우리에게도 낯설지 않은 말이

되었는데, 왕따의 원조가 바로 이 일본의 이지메라 할 수 있을 것이다. 그렇다면 우리는 어떠한가. 일본의 그 못된 섬나라근성을 이야기하며 일본을 극도로 싫어하는 사람 가운데에도 강자에게 약하고 약자에게 강한 사람이 있으니 아이러니가 아닐 수 없다.

그런데 예수님께서는 강자에게 강하고 약자에게 약하셨다. 바리새인들과 같은 막대한 권력을 쥔 종교 지도자들에게 그분은 단호하셨으나 과부와 가난한 이웃과는 함께 우셨다.

그렇다면 나는 어떠한가. 강자에게 강한가, 약한가. 약자에게는 어떠한가, 강한가, 약한가. 이는 나를 비춰볼 수 있는 좋은 거울이 될 것이다. 굳이 말하자면 그렇다는 것이지 우리는 이 말 같은 것이 없어도 나를 알 수 있다. 나를 비춰볼 수 있는 거울은 항상 우리 곁을 떠나지 않고 있는 성경 하나로 충분하다.

우리는 성경을 깊이 모른다 해도 웬만한 것이라면 자기가 하는 행위나 생각이 성경적인가 아닌가를 알 수 있다. 남을 사랑한다면 성경적이고, 남을 미워한다면 성경적이 아니다. 남의 칭찬을 한다면 성경적이고 욕을 한다면 성경적이 아니다.

그러나 조금은 생각해봐야 할 사안도 없지는 않다. 그것은 남을 칭찬한다고 다 성경적이지는 않다는 것이다. 다른 사람의 성경적이지 못한 것을 칭찬한다면 자신도 성경적이지 못하게 된다. 그러나 또 이런 것도 문제될 것이 없다. 자신의 근본적인 생각이 하나님을 중심으로 이루어졌다면 누구라고 이런 것을 모르겠는가.

나는 믿음의 생활을 하는 것이 하나님께 잘 보이기 위해서라고 생각하는 사람이다. 그래서 하나님의 칭찬도 듣고 은총도 받고 궁극적으로는 하늘나라에 가기 위해서 예수를 믿는다면 잘못돈 것일까. 예수를 진정으로 믿는 사람이라면 아니라고 할 사람이 아마 별로 없을 것이다. 그런데도 하나님께서 미워할 짓만 골라서 하는 사람도 없지 않다는 데에 우리 기독교에, 우리들 교회에 심각한 문제가 있는 것이다.

회개와 뉘우침으로 성화를

엇박자와 불협화음

책을 내다보면 속이 상할 때가 있다. 출판사로부터 출간된 책을 받아보니 그 내용이 넘겨준 원고와 같지 않은 곳이 있을 때가 그렇다. 교열校閱이라는 이름으로 원고에 손질을 한 것이다. 오자나 탈자 등을 바로잡고 맞춤법이 맞지 않은 부분 같은 데나 찾아 고쳐주었으면 좋으련만 제 마음에 들지 않는다고 문장을 고치기도 하니 속이 상할 수밖에 없는 일이다. 하기야 받아 놓은 원고가 내용은 좋으나 문장이 엉망인 경우도 있을 것이니 그런 경우라면 손질을 하지 않을 수가 없을 것이다. 그래야 좋은 책이 될 테니 말이다. 그러나 아무리 그렇다 해도 필자와의 의견교환이 선행되어야 한다.

음악에는 엇박자나 불협화음 같은 것이 있다고 한다. 이는 정상적인 것들이 아닌데도 작곡자가 의도적으로 쓴다는 것이다. 나는 음악에 문외한이지만, 어떠한 효과를 노려 음악적 완성도를 높이기 위해서일

오, 이 '작은자' 예수여!

것이라고 생각한다.

문장도 마찬가지이다. 필자가 쓰고자 하는 의미를 독자들에게 좀 더 효과적으로 전달하기 위해 의도적으로 어법에 어긋난 표현을 하기도 한다. 그런데 이것을 어법에 맞도록 바꿔놓는다면 음악에서 엇박자나 불협화음을 정상적인 것으로 바꿔놓는 것이나 다를 바 없게 될 것이다. 이에 한 걸음 더 나가 어법상 아무런 문제가 없는 문장에 손을 대어 어법에도 안 맞게 엉망으로 만들어버리는 경우까지 있으니 나의 좁은 속만을 탓할 일도 아닌 성싶다.

출판사에서 교열 일을 맡고 있는 사람이라면 그 방면에 전문가라고 자처하고 있을 것임에 틀림없다. 그러기에 다른 사람의 문장에 자의적으로 첨삭添削을 하기도 하고 수정修訂이라는 이름의 칼질을 하기도 할 것이다. 서툰 무당이 사람을 잡는 일은 그럴 수밖에 없다 하더라도, 잡힌 사람은 이미 입조차 열 수 없다.

우리는 지식이 폭발적으로 팽창하는 시대를 살고 있다. 그러니만큼 전문분야도 점점 세분화되어 이런 면에서는 어느 누구도 팔방미인이 될 수 없다. 그런데도 어떤 교회에서는 아직까지 담임목사님 혼자서 매사를 결정하기도 한단다. 짐이 법이라는 식일 것이다. 그러니 교회에 포진하고 있는 각 분야의 전문가들은 새끼손가락으로 귀나 후빌 뿐 할 일이 없는 것이다.

반면 교회 구성원들이 가지고 있는 전문성을 충분히 활용하는 교회도 있다. 합리적이어서 세련되고 효과가 크게 나타날 것은 의심할 여지가 없다.

그렇다고 교회가 전문성이 있고 합리적인 사람만으로 구성되는 것은 아니다. 많은 사람이 모이다보면 엇박자 같은 사람도 있을 수 있고 불협화음 같은 사람도 있을 수 있다. 그런데 성숙한 교회는 이런 사람들조차도 훌륭한 구성원으로 포용하여 아름다운 조화를 이루어낸다. 그러나 자신이 엇박자나 불협화음 같은 존재라는 사실을 깨달았다면, 나도 나의 역할을 하고 있는 것이라고 해서는 안 된다. 관점을 달리해야 한다. 빨리 정상적인 박자와 화음으로 돌아와야 된다.

그렇다면 나 자신은 어떤가? 내게도 혹 엇박자나 불협화음 같은 요소가 숨어있는 것은 아닌가? 돌아볼 일이다.

나는 간음 중에 잡힌 여자에게
돌을 던질 수 있는 사람이다

⌂ "하나님은 약자의 하나님인가, 강자의 하나님인가?"

그대는 이 질문에 무엇이라고 대답하겠는가? 얼핏 생각하기는 약자의 하나님인 것 같다. 그러나 아니다. 약자의 하나님도 아니고 강자의 하나님도 아니다. 옳은 자의 하나님이다. 아니, 아니다. 하나님은 옳은 자의 하나님이시지만, 옳지 못한 자의 하나님이시기도 하다. 만약 옳은 자만의 하나님이라면 나의 하나님은 아니다.

"너희 중에 죄 없는 자가 먼저 돌로 치라"고 하신 예수님의 말씀에 내가 간음 중에 잡힌 여자에게 돌을 던질 수 있는 사람이라면 몰라도 그렇지 못할 사람이라면 하나님은 나의 편이실 수 없다. 옳은 자만의 하나님이시라면 말이다. 그분께서 의인을 부르러 이 땅에 오신 것이 아니라 죄인을 부르러 오셨기 때문에 나의 예수님이 되실 수 있다. 이것이 은혜이다. 예수님께서 의인을 부르러 오셨다면 나와 무슨 상관이 있겠는가.

이 이야기를 여기에서 마친다면 나는 바른 사람이 아니다. 성도님들을 미혹케 하는 사람이다. 하나님께서는 옳은 사람에게나 그렇지 못한 사람에게 똑같다는 말로 들릴 수 있기 때문이다. 하나님께서는 옳은 일에는 기뻐하시나, 그렇지 못한 일에는 근심하며 슬퍼하신다. 하나님께서는 우리가 바른 길로 가기를 원하시기 때문이다.

이야기가 달라지지만, 죄 없는 자가 돌로 치라는 예수님의 말씀에 간음한 여자에게 돌을 던지는 사람이 있다면 그대는 믿겠는가. 아마 믿지 못할 것이다. 그러나 그런 사람들이 있다. 무엇인가 다툼이 있을 때 나에게는 아무런 잘못도 없다고 하는 사람이 그런 사람이다. 물론 사안에 따라서는 아무런 잘못도 없을 수 있지만 대부분은 어느 쪽도 약간의 잘못은 있기 마련이다. 나는 조금도 잘못이 없다고 항변하는 사람이 더 많이 잘못한 경우를 나는 많이 보아왔다. 그리고 내가 잘못했다고 말하는 사람이 사실은 별 잘못이 없는 경우도 보았다.

돌을 던지기 전에 나를 먼저 돌아볼 일이다. 나에게는 아무런 잘못이 없다고 말하지 말라. 예수님께서 나는 너와 아무런 상관이 없다고 말씀하실 것임을 두려워할 일이다.

회개는 카타르시스
해소법의 하나인가

단풍이 참 곱다. 형형색색이어서 더 곱다 한마디로 단풍이라 해도 그 빛깔은 수종에 따라 다르고 어디에 있느냐에 따라서도 다르다.

단풍의 노랑은 단연 은행잎이 으뜸이다. 보고 있노라면 마음까지도 노래져 부드럽고 포근하게 가라앉는다. 아침햇살 비치는 단풍나무의 빨강은 신의 손길을, 하나님의 솜씨를 유감없이 보여준다. 노랑과 빨강의 가지각색 부드러운 잎들은 하나님의 섬세한 감수성이다.

그 고운 단풍잎들이 낙엽이 되어 져버린 자리에는 이미 내년 봄의 새싹을 잉태하고 있다. 그것이 겨울의 혹한과 눈보라를 견디어 그 파란 잎으로 피어나는 것이다. 그리고 여름, 또 다시 가을……

인간 그 자체에는 계절이 없다. 변화가 있을 뿐이다. 계절에는 순서와 질서가 있지만 인간의 변화는 예측이 불가능하다. 그것이 바람직한 방향으로 이루어질 수도 있고 그렇지 못하게 빗나갈 수도 있다. 인간은 누구나, 특히 크리스천은 반드시 바람직한 방향으로의 변화를 소망한다.

믿는 사람들의 바른길 추구에는 소위 회개라는 것이 수반되는 일이 많다. 그런데 많은 사람들은 이 회개라고 하는 것을 뉘우침 정도로 생각하고 있는 것 같다. 하기야 진정한 뉘우침에는 두 번 다시 그런 일을 하지 않겠다는 각오가 따를 수밖에 없으니 틀린 것은 아니다. 회개한다는 말의 히브리어 어원도 달리 생각하는 것, 즉 생각을 그친다는 뜻이다.

문제가 되는 것은 뉘우치는 것으로 회개가 끝났다고 생각하는 사람이 많다는 것이다. 새벽기도 때마다 눈물과 콧물을 흘려 회개를 하였는데도, 땅을 치고 가슴을 치며 회개하였는데도 죽을 때까지 똑같은 내용의 회개를 계속한다면 이것이 문제라는 말이다.

물론 사람이 자기의 속성을 그리 쉽게 바꾸어갈 수는 없다. 그러기에 기도라는 것이 필요하고 회개 또한 필요한 것이다. 기도로 나의 못된 것을 고쳐주시라고 전능하신 하나님께 간구하고 회개로 통회의 눈물을 흘림과 동시에 이를 고치기 위해서 죽으면 죽겠다는 결단을 내리는 것이다. 그리고 생활을 통해서 뼈를 깎는 아픔으로 자신을 고쳐가는 것이다. 이것이 진정한 의미의 회개이다.

하나님의 양대 뜻

🏠 기독교는 성삼위 하나님과 그 나라를 믿는 종교이다. 성삼위란 흔히들 하나님이라 부르는 성부 하나님과 그의 외아들 예수 그리스도 즉 성자 하나님과 그리고 이 두 분의 영이신 성령 하나님을 말한다. 그리고 이 성삼위 하나님은 일체를 이루는데, 이에 대해서는 누구도 속 시원하게 설명을 할 수가 없다. 만약 하려고 하면 거기에서 여러 가지의 문제가 발생한다. 그냥 이 정도로 애매한 상태로만 안다 해도 신앙생활을 하는 데에 크게 어려움은 없으니 이에 대해 너무 민감하게 생각하지 않아도 좋지 않을까 한다.

성삼위 하나님과 그 나라, 그리고 또 성자 하나님 예수 그리스도를 믿음으로 하늘나라, 그러니까 그 나라에 간다는 사실을 믿는 것을 가리켜 우리는 믿음이라고 한다. 그런데 믿음에는 반드시 성령님이 개입하신다. 믿는 사람은 누구나 이미 성령을 받았다는 말도 된다. 믿는데 성령은 받지 않았다면 그것은 거짓말이다. 그것이 거짓말이 아니라면 그 믿음은 실상이 아닌 허상에 불과한 것이다. 성령이 충만한데 믿음은 약하다는 것은 거짓말이고, 믿음은 깊은데 성령이 충만치 않다는 것도 거짓말이다.

그런데 성령 충만의 척도를 병 고치는 은사라든가 예언의 은사 같은 은사에 두는 것은 잘못이다. 성령 충만은 그 사람의 믿음의 상태로만 알 수 있다. 그러나 믿음의 상태는 하나님만이 알 수 있는 일이니 성령 충만 또한 사람으로서는 용이하게 알 수 있는 문제가 아니다.

믿음을 알 수 있는 방법이 하나 있기는 하다. 사람들은 주일성수와 십일조, 그리고 교회봉사 같은 것으로 사람들의 믿음을 가늠하기도 하나 그런 것들만으로는 믿음을 정확하게 잴 수가 없다. 그렇다면 무엇으로 재는 것이 가장 정확하겠는가. 그 사람의 인격을 보는 것이다. 인격이 믿음으로 바뀌었다면 그 사람은 훌륭한 믿음을 가진 사람으로 보아도 틀림없다.

인격이 믿음으로 바뀌는 것을 우리는 성화라고 하는데, 이 성화는 한꺼번에 이루어지는 것이 아니라 하나님의 나라에 가는 날까지 계속적으로 이루어져 간다. 중생, 즉 거듭남은 예수 그리스도를 믿어 새 생명이 되면서 단번에 이루어지나 성화는 그런 것이 아니다. 끊임없이 기도하며 노력하여 지속적으로 이루어져 가는 것이다.

그렇다면 성화를 위하여 기도는 왜 해야 하는가. 그야 성령님의 인도하심과 도우심을 받기 위해서이다. 바꾸어 말하면 성화 역시 믿음처럼 성령님의 개입 없이는 불가능하다는 것이 된다. 그렇다고 성화를 성령님께만 맡겨두어도 된다는 말은 아니다. 자신의 의지, 즉 각자에게 주어진 자유의지를 한껏 발휘해야 한다. 다시 말해서 모든 일이 거의가 그렇듯이 성화도 또한 성령님의 인도하심과 자신의 자유의지가 연합하여 이루어 가는 것이다. 그런데 자유의지도 성령님의 도우심 없이는 발휘할 수 없으므로 이를 위해 기도해야 한다.

우리는 성령 충만을 위해서는 열심히 기도하면서도 인격의 변화, 즉 성화를 위해서는 별로 기도하지 않는 경향이 있다. 우리 한국 교회가 세상으로부터 별 호응을 얻지 못한 주된 원인이 여기에 있다는 것을 우리는 알아야 한다.

우리는 하나님의 뜻이라는 말을 참으로 좋아한다. 이래도 하나님의 뜻이요, 저래도 하나님의 뜻이다. 심지어는 옳지 못한 일을 하면서까지도 하나님의 뜻 운운하기도 한다.

그렇다면 어떠한 것이 진정한 하나님의 뜻인가. 어떻게 하는 것이 하나님께서 가장 기뻐하시는 하나님의 뜻인가. 그것은 다름 아닌 성화이다. 성화되어 가는 삶은 그대로 하나님께서 기뻐 받으시는 산제사요 예배가 되기 때문이다.

사명도 성화되어 가는 삶을 바탕으로 하여 이루지 않으면 일종의 자기 자랑거리를 만드는 것에 지나지 않기 쉽다. 성화되어 가는 사람은 사명을 완수하기 위해 손쉽다 하여 인위적인 방법을 동원하지 않는다. 불가능하게 보일지라도 성경이 제시한 방법을 따른다. 그것이 믿음이다. 그리고 불신앙은, 뱀같이 지혜로우라고 했다며 성경을 아전인수식으로 해석하여 인위적인 방법으로 일을 진행시켜 나가는 것이다.

결과를 전혀 생각하지 않으며 일을 한다는 것은 아마 있을 수 없을 것이다. 결과는 그 일의 목적도 될 수 있기 때문에 그것을 생각하지 않고 일을 한다는 것은 목적 없이 일을 하는 것과 매한가지라 할 수 있을 것이다. 단, 결과를 위하여 일을 하되 그것에 쉬 도달하기 위해 인위적인 방법을 쓰지 말라는 것일 뿐이다. 인위적인 방법은 불신앙이니 성경이 제시한 방법에 따라 하면 우리의 책무는 끝이 난다.

사람의 생각을 동원하여 이리이리 했더라면 좋은 결과를 얻었을 터인데 성경적으로 일을 했다가 실패하고 말았다고 아쉬워할 것도 후회를 할 것도 없다. 하나님의 뜻에 따라 기도하며 했다면 그것만으로 하나님께서는 충분히 기뻐하실 것이기 때문이다. 믿음의 방법으로 사명 완수를 위하여 기도하며 일을 한다면 그 결과의 여하와 상관없이 그것만으로도 하나님의 커다란 뜻이 된다는 것을 우리는 알아야 한다.

결론적으로 말하면 성화를 이루어 가며 삶을 산제사 즉 예배로 드리는 것과, 또 그것을 바탕으로 하여 성경이 가르치는 방법으로 사명을 완수해 가는 것은 하나님의 커다란 두 개의 뜻이라 할 것이다.

싸움에서 제일
이기기 힘든 상대

우리는 예수를 믿어 구원을 얻은 것을 거듭났다 하며, 거듭난 사람으로서 그에 걸맞은 인격으로 변화되는 것을 성화라 한다. 그리고 성화는 성령님께서 도와주시는 가운데 끊임없이 자기 자신과 싸우며 이루어가는 것이다.

자기 자신과의 싸움, 이것이 세상에서 제일 어려운 싸움이라고 나는 생각한다. 번번이 지고 마는 것이 이 싸움이다. 나는 20대 중반부터 예수를 믿기 시작하여 60이 넘은 지금까지 이 싸움을 계속해오고 있지만 한 번도 속 시원히 이겨본 적이 없다. 그래서 나의 성화라는 것은 아직도 밑바닥을 기고 있다. 그러기에 흰 개꼬리를 삼년이나 시궁창에 묻어 두어도 검어지지 않는다는 내용의 속담이 생각나기도 하며 절망한 적도 한두 번이 아니다.

내가 어렸을 떄였다. 우리 동네 뒷산에는 조그마한 암자가 하나 있어 거기에 대처승 한 분이 살고 있었다. 그분은 인격이 매우 고대하여 동네 사람들의 신망이 두터웠고, 어린 내가 보기에는 마치 부처님과도 같았다.

그런데 그분은 승려 생활을 접고 가족들과 함께 이사를 하게 되었다. 그때 나는 사람이 이렇게도 돌변할 수 있다는 말인가 하는 생각이 아니 들 수 없었다. 동네 사람들에게 무슨 원한이 그렇게 깊었는지 그때까지는 입에 대지도 않던 술에 취해 갖은 행패를 다 부렸다.

그분의 고매해 보이는 인격은 밥을 먹기 위한 위장이 아니었든가 한다. 그런데 나는 자신과의 싸움에서 지고 말아 성화에 실패할 때면 가끔 그분이 머리에 떠오를 때가 있다. 물론 나는 자신을 위장하진 않는다. 너무 솔직한 것이 나의 장점이자 단점이다. 솔직한 것이 단점일 수는 없지만 말하지 않아도 될 일을 입 밖에 내어 자신의 인격에 흠집을 내기도 하는 것이 문제이다.

나의 뇌리에서 그분과 내가 오버랩 되는 것은 아마 그분이 손님을 끌기 위해 자신의 인격을 위장한 것이 아니라 정말로 고매한 것이었으나, 이제 손님 같은 것이 필요 없게 되자 자신이 붙잡고 있던 어떠한 끈을 놓아버렸기 때문이었는지도 모른다는 생각에서가 아니었든가 한다.

그분이 밥을 위해 인격을 위장했건, 아니면 정말로 고매한 인격이었는데 그 인격이라는 것의 필요성이 없어지자 그것을 포기했건, 그분은 결국 그 인격이라는 것을 땅바닥에 내동댕이치고 말았다. 기독교식이라면 성화에 실패했다고 할 수 있을 것이다. 실패했다는 면에서 분명히 그분이나 나나 다를 바가 없지 않을까 한다.

오, 이 '작은자' 예수여!

얼마 전, TV를 통하여 어느 목사님의 설교를 들었다. 그 설교에는 대충 이런 내용이 있었다. 믿는 사람들은 거룩한 삶을 살아야 되는데, 거룩한 삶이란 믿지 않는 사람과 구별되는 것을 의미한다. 믿는 사람들은 믿지 않는 사람들처럼 아무렇게나 살아서는 안 된다.

그런데 믿지 않는 사람들은 목사님의 말씀처럼 정말 아무렇게나 사는가? 아니다. 믿지 않는 사람들 가운데에도 믿는 사람들 이상으로 조신하게 사는 사람이 얼마든지 있다. 아무리 간악무도한 사람일지라도 나름대로 인간으로서 지키려는 것이 있다. 나는 믿는 사람들에게서보다 오히려 믿지 않는 사람들 가운데에서 훌륭한 인격을 지닌 사람을 보고 나 자신이 부끄러워지는 일이 많다.

그렇다고 전체적으로 봐서 믿는 사람들이 믿지 않는 사람들보다 못하다는 말은 아니다. 아무런들 믿는 사람들이 믿지 않는 사람들보다 못하기야 하겠는가. 성경도 읽고 그렇게 많은 설교를 들었는데 말이다. 그리고 무엇보다도 성령님께서 함께 해주시고 계시는게 말이다. 단 그 차이가 좀 더 확실하게 드러날 정도는 되어야 하지 않겠는가 하는 아쉬움은 있다.

믿지 않는 사람을 보고 내가 부끄러운 것은 다름이 아닐 것이다. 믿는 사람이야 물론 성화라는 면에서 실패에 실패만 거듭하고 있는 나보다 낫다는 것이 당연한 일이니 아마 부끄러워해야 할 이유가 또렷하지 않을지도 모른다.

실패만 거듭한 나이기에 절망을 한 적이 많다는 것은 사실이다. 그러나 지금은 절망하지 않는다. 절망하지 않고 기도하며 나 자신과 싸워가노라면 어느 정도는, 어떻든 지금보다는 성화된 상태로 하나님 나라에 가서 하나님 앞에 설 수 있다는 희망과 거기에 따르는 결단이 있기 때문이다. 설혹 지금보다 별로 나아진 것이 없다 할지라도 나는 기도드리며 싸움을 계속할 것이다. 하나님께서는 그것만으로도 성화된 것으로 인정해주실 것이니까.

오, 이 '작은자' 예수여!

성도들의 발목을
잡는 목사님

🏠 내가 잘 아는 어느 집사님의 이야기이다.

집사님은 대예배 출석 교인 백 명 안팎의 조그마한 교회를 섬겼다. 당회원이라고 해야 목사님 한 분에 장로님 한 분뿐이었다. 교인 대부분이 서민층이어서 재정사정도 그리 좋은 편은 아니었다. 집사님 역시 넉넉지 못한 봉급생활자이다 보니 많은 헌금을 할 수가 없었다. 그러나 십일조는 어김없이 드렸고, 다른 헌금도 힘에 겨울 정도로 했다.

그러던 중 집사님은 직장을 옮기게 되었고, 그래서 전 직장으로부터 퇴직금을 받았다. 이십년 가까이 근무했던 직장이었던 만큼 상당한 액수의 퇴직금이었다. 십일조 헌금도 당연히 많아질 수밖에 없었다. 거기에다 고향의 시골 논 몇 마지기를 판 돈의 십일조까지 더했으니 거금이라면 거금의 십일조가 되었다. 목사님께서도 장로님께서도 칭찬을 아끼지 않으셨다. 이름을 밝히지 않고 헌금을 하는 집사님이었으나 워낙 작은 교회이다 보니 누가 했는지 짐작할 수가 있었던 것이다.

그런데 며칠이 못되어서 목사님도 장로님도 집사님을 대하시는 태도가 달라졌다. 처음에는 그냥 싸늘한 눈으로 보는 정도였으나 하루 이틀 시간이 흐르자 비난까지 하기 시작했다. 하나님께만 잘해서는 안되고 사람한테도 잘해야 한다는 것이었다. 사실 집사님은 목사님 생신 때에나 선물이라고 와이셔츠 같은 것을 사다 드리는 것이 고작이었다. 생활이 쪼들리다 보니 그것도 큰맘 먹지 않으면 어려웠긴 했지만.

두 분께서 교인들에게 어떻게 말했는지 집사님과 가까이 지내던 사람들이 하나 둘 멀어져갔다. 목사님께서는 설교를 통해서 집사님을 비난했고, 장로님은 구역예배인도를 통해서 비난하기도 했다. 결국 집사님은 견디지 못하고 교회를 옮길 수밖에 없었다.

두 분 다 집사님의 철저한 신앙이 부담이 되었던 것 같다. 신앙적인 면에서 목사님도 장노님도 집사님을 따를 수가 없었던 것이 아니었든가 한다. 그래서 집사님이 교회를 떠날 때까지 집요하게 괴롭혔던 것이다.

이와 같은 교회가 실제로 있기에 "교회가 죽어야 예수가 산다"는 충격적인 말이 나오는 게 아닌가 한다. 사실 교회 안에서조차 앞서가는 사람의 발꿈치를 잡는 일이 종종 있다. 그런 사람들도 그러기보다는 노력하여 자신이 더 앞서가는 것이 옳다는 것을 모르지 않을 것이다.

아니다. 신앙 안에서의 경주는 다른 사람과 하는 것이 아니다. 나 혼자서 자신과 하는 것이다. 하나님께서 보시는 가운데 최선을 다하는 것이다. 그러기에 하늘나라를 향한 경주에서는 일등이 백 명도 나올 수 있고 천 명도 나올 수 있고 수도 없이 나올 수도 있는 것이다.

오, 이 '작은자' 예수여!

박제된 신앙을 넘어서

영화 <밀양>, 그리고 전도연 | 하늘의 끝은 있는 것일까? | 하늘이 돈짝만하게 보이네 | 늦된 신앙이 크게 결실하기를 바라는 마음 | 하나님의 보좌를 움직이는 것들 | 포기하는 것은 죄이다 | 박제된 신앙을 애도하라 | 실탄 없는 총 | 손가락으로 바위를 뚫어 글씨를 새겨라 | 신앙생활을 어렵게 하지 말라

오, 이 '작은지' 예수여!

영화 〈밀양〉,
그리고 전도연

🏠 전도연이 영화 <밀양密陽>으로 칸영화제에서 여우주연상을 받았단다. 너무너무 좋고 기쁘다. 나이에 어울리지 않게 무슨 호들갑이냐고 할 사람이 있을지 모르나 사실인데 어쩌랴. 영화와 무슨 상관이 있고 전도연과 무슨 관계이기에 그러냐고 이상하게 생각할 수도 있겠으나, 내가 한국에서 태어나 한국 사람으로 살고 있다는 것 외에는 아무런 관계도 없다. 그런데 내게는 같은 한국 사람이라는 것이 대단히 중요하다. 한국 사람이라는 이유 하나로 나는 우리 한국에 좋은 일이 있을 때면 거의 흥분상태가 되곤 한다. 굵직굵직한 국제대회들을 유치하는 데에 성공할 때도 그랬고 반기문 전 장관이 UN 사무총장으로 확정되었을 때도 그랬다.

그렇다고 나는 국수주의자도 아니요 민족주의자도 아니다. 애국자는, 되고 싶지만 더더욱 아니다.

뒤돌아보면, 현대사만을 통해서 보더라도 우리만큼 질곡의 괴로움을 견디며 살아온 민족은 그리 흔치 않다. 동족상잔의 비극 6.25와 그로인해 피폐된 사회, 군사정권의 군홧발에 밟혀 살았던 세월들……

6.25의 총성이 멎고 한숨 돌릴 틈도 없이 가난은 입에 풀칠조차 하기 어렵게 했고, 흙먼지를 일으키며 달리는, 미군 트럭에서 뿌려 주는 건빵을 서로 먼저 주워 먹으려고 아이들은 앞을 다투어 뛰기도 했다.

세월이 좀더 흘러서는 군사정권이 국민들의 입을 봉해 버렸다. 정권에 대한 비판은커녕 통치자의 이름 하나도 각하라고 하는, 지금은 사어死語가 되어버린 극존칭 접미사를 붙이지 않고서는 부를 수가 없었다. 만약 이름 석자만을 불렀다가는 누가 채어간 지도 모르게 붙잡혀가 곤욕을 치러야 한다는 불안 때문에 국민들은 술자리에서조차 입도 뻥긋하지 못했다. 그런가 하면 광주에서 그 끔찍한 시민 살상이 군부에 의해 자행되었는데도 국민들은 두려움에 떨며 불평 한 마디 할수 없었다.

그런 가운데에도 우리는 희망을 잃지 않고 살아왔다. 그리하여 우리는 지금의 위대한 대한민국을 이루어낸 것이다. 지금의 젊은이들은 이 위대하다는 말에 쉽게 공감하지 못할지도 모른다. 그러나 6.25의 잿더미로부터 불과 50년 만에 여기까지 올 수 있었던 우리는 위대하다 해도 결코 과장된 표현이 아니다.

우리 대한민국은 그 어렵던 현대사의 터널을 통과하면서도 세계적인 예술가들을 배출해 왔고, 스포츠의 영웅들을 만들어냈다. 우리가 이룩한 첨단과학기술이 선진 각국으로 유출되는 것을 막는 데 신경을

오, 이 '작은자' 예수여!

써야 할 정도로 우리는 발전했다.

영화 <밀양密陽>의 성공은, 전도연의 수상은 결코 우연한 일이 아니다. 우리의 역량이요 능력의 일면이 드러난 것이다. 그러기에 나는 전도연의 수상을 기뻐하지 않을 수 없는 것이다. 그녀의 수상은 우리의 우수성을 다시 한번 입증한 것이 되므로, 우리의 밝은 내일을 조금이라도 더 밝게 바라볼 수 있게 하기에 나는 기뻐하지 않을 수 없는 것이다.

전도연, 그녀는 색다른 아름다움은 있으나 눈이 확 뜨일 정도의 미인은 아니다. 그런데도 배우로서 성공한 것은 오로지 연기력 때문이다. 배우는 모름지기 연기로 승부를 걸어야 한다. 얼굴이나 몸매를 보여주기 위한 것은 진짜 배우가 해야 할 일이 아니다. 연기력을 기르기 위한 노력보다는, 얼굴이며 가슴 같은 신체의 성형에 더 마음을 쓰는 여배우들에게서 어쩔 수 없는 연민의 정을 느끼게 되는 것도 그런 연유에서일 것이다.

전도연은 어떠한 역도 훌륭하게 소화해내는 연기력의 소유자라고 한다. 타고난 재능도 없지는 않겠지만, 남모르게 쏟은 노력 없이는 불가능한 일일 것이다. 여기에 그녀의 정체성이 있고 프로로서의 근성이 있는 게 아닌가 한다.

<밀양>의 성공은 전도연의 연기력이 뒷받침하지 않고서는 불가능했을 것이다. 그녀가 <밀양>에서 맡은 역은 남편을 여읜 신애라는 이름의 젊은 여자이다. 그녀는 단 하나뿐인 아들을 데리고 소도시 밀양에 와서 살게 된다. 밀양은, 언젠가는 가서 살고 싶다고 살아생전에 입버

룻처럼 말했다는 남편의 고향이다. 영어로 'secret sunshine'라고 번역된 <밀양>은 '비밀스러운 햇빛'이라는 의미로 해석들을 하는 모양이다.

어떠한 예술작품도 그렇듯이 영화 또한 이름이 매우 중요한 의미를 지닌다. <밀양>은 더더욱 그러하다. 타이틀이 뜨며 영화가 시작될 때 '밀양'이라는 제목 밑에 'secret sunshine'이라는 역어譯語를 곁들여 놓은 것만 봐도 그 중요성은 짐작하기 어렵지 않을 것이다.

그렇다면 이 <밀양>이라는 제목은 어떠한 의미를 지니고 있는 것일까? 그 의미를 어떻게 이해하느냐에 따라서 영화를 보는 관점도 달라지는데, 그렇다면 과연 밀양密陽의 <밀密; secret-비밀스러운>이 의미하는 것과 <양陽; sunshine-햇빛>이 의미하는 것은 무엇일까?

세상을 뜬 남편의 고향이라고는 하지만, 초등학교 저학년의 아들 하나만을 데리고 와 처음으로 밟아 보게 된 밀양은 신애에게 생판 모르는 타향이었다. 피아노 학원으로 생활을 시작했지만 속물근성이 전혀 없다고는 할 수 없는 그녀는 여자 혼자 몸으로 세상을 살아가기 위해서 돈이 있는 척 허세도 부린다. 그러나 그것이 화근이 되어 아들이 유괴범에게 살해된다. 유괴범이 그녀를 돈 많은 여자라 오인하고 저지른 범행이었다. 유괴범은 아들이 다니는 웅변학원의 원장으로 신애와도 가까이 지내는 터였다.

현실로 받아들이기에는 너무도 엄청난 사실 앞에 신애는 무너져 내리는 자신을 지탱할 수가 없었다. 무엇 하나 의지할 것이 없게 된 그녀는 이웃의 전도로 교회에 나가 하나님을 믿게 된다. 그리하여 그녀는 믿음의 힘으로 충격에서 점차 벗어나 안정을 되찾아가고 있었다. 그러면서 사랑의 종교 기독교의 물에 젖어들고 있었다. 사랑은 용서

오, 이 '작은자' 예수여!

없이는 가능치 않은 일일 터이다. 그래서 그녀는 자신의 목숨보다 더 소중한 아들을 죽인 범인을 용서하기로 결단을 내린다. 교인들은 그녀의 변화에 놀란다.

그러나 신애의 믿음은 정상적인 것이 아니었다. 자신의 힘만으로는 도저히 견딜 수 없는 현실로부터 도피하고자 하는 마음이 작용한 자기기만적인 것이었다.

알맹이가 빠진 껍질뿐인 사랑을 안고 마침내 신애는 자기에게 호감을 가지고 접근하고 있는 카센터 사장 종찬(송강호 분)과 여신도 몇을 동행으로 하여 교도소에 범인의 면회를 간다. 면회장에 들어선 그녀는 마음고생으로 초췌한 모습일 거라고만 생각했던 예상과는 달리 범인이 혈색 좋고 평온한 얼굴을 하고 있는 데에 심히 놀란다. 그러면서도 그녀는 애써 마음을 진정시키며 범인에게 당신을 용서하노라고 말한다. 이에 대한 범인의 대답에 그녀는 말할 수 없는 충격을 받는다. 범인이 자기도 교도소에 들어와서 하나님을 믿게 되었는데, 자기는 하나님으로부터 이미 용서를 받았고 그래서 마음이 무척 편안하다는 의미의 말을 한 것이다.

신애는 자기보다도 먼저 하나님이 범인을 용서했다는 것을 용납할 수가 없었다. 자기는 죽기보다도 더 힘든 고통을 견디며 자신에게 있는 모든 관용을 다 동원하여 어렵게 용서를 결단했는데, 하나님이 먼저 그냥 용서했다는 것을 참을 수가 없었다. 면회장을 남의 정신으로 빠져나온 그녀는 실신까지 하고 만다. 사랑 아닌 에고의 발로였다.

실신에서 깨어난 그녀는 하나님을 향해 도전하기 시작한다. 하나님한테 복수를 하려는 것이다. 그녀는 햇빛 쏟아지는 하늘을 향해 두 눈을 부릅뜨고 쏘아보며 분노한다. 여기에서 <밀양>의 <양陽; sunshine -햇빛>이 의미하는 것을 짐작할 수 있다. 기독교의 신인 하나님은 빛으로 상징되기도 하기 때문이다. 그렇다면 <밀密; secret-비밀스러운> 또한 하나님의 비밀스러운, 아니면 은밀한 무엇인가를 의미하는 것이 될 것이다.

이렇게 되면 <밀양>은 기독교라고 하는 종교의 영화가 된다. 물론 그런 면이 없지 않겠지만, 그러나 나는 인간이 어떠한 고난 속에서도 죽지 않고 살아가게 되는 존재라고 하는 데에 이 영화의 초점이 맞춰져 있다고 생각한다.

그녀는 자기 집 앞길 건너편 건물에서 약국을 하는 같은 교회의 장로를 유혹한다. 하나님의 사람인 그를 자신의 몸으로 타락시켜 복수를 하려는 것이다. 그녀는 장로에게 드라이브를 하자며 교외로 꾀어내어, 자신의 여자를 그의 남자에게 맡긴다. 그러나 성적 교섭은 도중에 발동한 그의 신앙적 양심으로 브레이크가 걸려 실패하고 만다. 그 행위를 끝까지 마쳐 그를 타락시키는 데에 성공했더라면 승리를 구가했을 터인 그녀는, 중도에서 팬티를 올려야 하는 부끄럽고 비참한 자신의 패배에 울 수조차 없었다. 그래도 그 자리에 그대로 주저앉을 수는 없어, 비참하기 이를 데 없는 자신을 이끌고 종찬을 찾아간다. 그라도 타락시키기 위해서이다. 그러나 속물의 그도 그녀의 유혹에 응하지 않는다. 그녀의 비참은 극에 달할 수밖에 없었다.

이와 같은 상황 속에서도 그녀는 죽을 수가 없었다. 살아야겠다는 의지 때문이라기보다 그냥 살 수밖에 없어서이다. 그래서 그녀는 미장원에 가서 머리를 좀더 짧게 자르기 시작한다. 일상으로 돌아가려는 자신을 상징적으로 나타낸 것이다. 그러나 머리를 자르고 있는 보조미용사가 범인의 딸이었기에 미장원을 뛰쳐나오고 만다. 집으로 돌아온 그녀는, 햇빛 넘치는 마당에 거울을 내어 놓고 스스로 자신의 머리를 자르기 시작한다. 이때 종찬이 와 거울을 들어 준다. 신애는 거절하지 않는다. 여기에는 그녀가 그를 받아들일 것이라는 암시적 의미가 숨어 있다. 결국 신애는 그 큰 고통과 좌절 가운데에서도 죽지 않고 그냥 그렇게 살아가게 된 것이다.

이처럼 <밀양>은 종교영화라기 보다 인간의 끈질긴 삶에 초점이 맞춰져 있다. 인간과 신의 관계를 통해 인간의 삶을 부분적으로 조명한 것이 영화 <밀양>이라는 말이다.

<밀양>은 기독교를 통해 한 여인의 삶을 비춰내고 있으나, 하나님을 다른 어느 종교의 신과 바꿔 놓아도 의미는 크게 변할 것이 없을 것이다. 인간과 어떠한 신이 되었건 그 신과의 관계 속에서 일어난 일로 보면 된다는 말이다.

그러나 역시 인간과 하나님과의 관계에서 일어난 일을 다루고 있으므로 우리 크리스천들은 그런 관점으로 볼 필요가 있다. 이 영화를 보면서 내가 생각한 것은 우리 믿는 사람들이 남의 고통을, 아니 자기의 고통까지도 너무 가볍게 신앙이라는 허울 속에 묻어 버리려고 한다는 것이었다. 물론 기독교 신앙이 허울이라는 말은 아니다. 하나님은 인간의 어떠한 고통도 치유하실 수 있는 분이시다. 다만 이러한 하나님을 우리는 지적으로 알아서는 안 된다는 것일 뿐이다. 체험적으로 알아야 한다. 그러기 위해서는 모험이 필요하다. 하나님께 자신의 전존재를 던져 버리는 것이다. 그럴 때 우리는 사랑의 하나님을, 치유하시

는 하나님을 체험하게 된다. 그런 후에 나의 고통을 그분께 맡기게 될 때 나는 진정한 치유를 받게 되는 것이다.

우리는 자칫 가슴 아닌 머리로 안 하나님께 역시 가슴 아닌 머리로 자신의 고통을 치유 받고자 하기 쉽다. 그러나 그렇게 하여 얻어진 치유는 진정한 것이 되지 못한다. 자기기만에 속한 일종의 자기최면에 지나지 않는다.

남의 고통일 경우는 우리의 상태가 더욱 심각하다. 그 사람의 고통의 크기가 어떠하다는 것을 이해하기도 전에 하나님 운운하기 쉽다. 그 고통을 똑같이는 느껴 보지 못한다 할지라도, 그 아픔의 크기만이라도 헤아려 본 뒤에 치유라는 면을 생각하는 것이 순서일 것이다.

앞에서 말한 오류는 잘못된 신앙 때문이기 쉽다. 우리는 없는 믿음을 있는 것으로, 아니면 작은 믿음을 큰 것으로 착각하기 쉽다. 심할 경우는 자기기만이 만들어낸 허상을 신앙이라고 끌어안고 살아가기 쉽다.

여기에서 벗어나기 위해서는 제대로 된 믿음을 길러야 한다. 자기의 약한 믿음을, 믿음 없음을 정확하게 인식하고, 바르게 믿음을 길러 가야 한다. 죽으면 죽으리라 두 눈 꼭 감고 하나님께 나의 전존재를 맡겨 버려야 한다. 그것은 잡아야 할 것을 붙잡기 위해 버려야 할 것을 미련 없이 버릴 수 있는 용기가 있을 때 가능케 된다. 그리하면 자기최면에 걸리지 않아도 되며, 자기기만에 빠지지 않아도 되는 것이다. 이것이 영화 <밀양>이 내게 준 교훈이다.

하늘의 끝은
있는 것일까?

🏠 하늘이 참으로 높고 푸르다. 지난여름 짜증이 나도록 그렇게도 많은 비를 내리게 하고 폭우를 동반한 태풍을 몰고 와 우리의 아름다운 산하를 할퀴게 하더니, 시치미를 떼고 저렇게 얄밉도록 푸르다니 이것이 자연의 이치인가보다.

푸른 하늘이라면 나에게 하나의 추억이 있다. 내가 기억할 수 있는 가장 오래된 추억이기도 하다. 나는 자신을 머리가 나쁜 사람이라고 생각한다. 그러나 단 하나 나에게도 기특한 일이 있다. 지금 이야기하려고 하는 추억이 그것이다. 취학하기 훨씬 전인 것 같지만 취학 후인지도 모른다.

우리 동네 앞에는 자그마한 내가 흐르고 있었다. 옥수처럼 맑은 물이어서 이를 식수로 길어다가 먹는 사람도 있었다. 어린 내가 왜 어떻게 혼자서 냇가에 갔는지 모르지만, 나는 잔디밭에 누워 한없이 파란 하늘을 올려다보고 있었다. 그러면서 나는 생각했다. 하늘에도 끝이 있는 것일까? 있다면 끝의 저편에는 무엇이 있고, 또 그 저편에는 무엇이 있을까? 끝이 없다면? 나의 의문은 꼬리에 꼬리를 물었다. 그런데 나는 환갑이 지난 지금도 이 질문에 답할 수가 없다. 이 점에 한해서는 여섯 살짜리 나나 예순 살의 나나 다를 바가 없는 것이다.

그런데 하늘보다도 더 높고 넓은 것(?)이 있다. 물론 하늘과 땅을 지으신 하나님이시다. 세상에 인간들보다 어리석은 존재는 없다는 생각이 든다. 하늘의 몇 십만 분의 일도, 몇 백, 몇 천만분의 일도 모르면서 그 하늘을 지으신 하나님을 이러쿵저러쿵 헤아려 보려 하니 말이다.

내가 있으면 나를 낳은 부모님이 계시고, 집이 있으면 이를 지은 사람이 있다. 그리고 하늘과 땅이 있으면 이 또한 지으신 하나님이 계신다. 하나님이 계시다는 증거를 대보라고? 얼마든지 댈 수 있다. 그렇지만 그대는 하나님이 계시지 않는다는 증거를 하나도 제시할 스 없을 것이다.

그렇다면 어떻게 해야 하느냐고? 믿어라. 천지 지으신 분이 하나님이심을 믿어라. 어떻게 믿느냐고? 성경에 있는 대로 믿어라. 성경에 있는 대로가 아니면 목사의 말도 신학자의 말도 신용하지 말라. 성경대로만 믿어라. 성경은 하나님의 말씀이니까. 진리이니까. 목사도 신학자도 성경에 의하지 않고는 하나님을 볼 수 없다. 성경에 의하지 않고 하나님을 보려는 사람은 머리 나쁜 내가 하늘 끝이 있느냐 없느냐를 생각하는 것과도 같은 일이다.

소위 자유주의 신학자라 불리는 사람들 중 어떤 이들은 그 잘난 머리를 짜내어 성경과 배치되는 논리로 하나님을 이야기하기도 한다. 얼

빠진 잠꼬대이다. 거듭 말하거니와 우리 인간이 하느님을 볼 수 있는 길은 성경 말고는 없다. 성경은 조물주 하나님께서 우리 인간들에게 주신 최대의 은총이다.

하늘이
돈짝만하게 보이네

믿는 사람들은 도무지 겁이 없다. 건방져 보일 만큼 겁이 없다. 믿음이 좋으면 좋을수록 상태는 더욱 심하다. 술에 취하면 겁이 없어진다고들 하는데, 하늘이 돈짝 만하게 보인다고들 하는데, 그렇게 겁이 없는 것과는 다르다. 술에 취해 겁이 없어지면 일을 저지르는데, 믿음이 깊어 겁이 없어지면 문제를 해결한다. 아무리 큰 문제에 부딪쳐도 눈 하나 깜박하지 않는다. 문제의 심각성을 모르는 것이 아닌데도 심각한 것을 심각하게 여기지 않는다. 하늘만큼 큰 것을 돈짝만큼 작게 보며 큰 문제를 작은 문제처럼 해결한다.

하기야 왜 아니겠는가? 그들은 하나님을 자기 아버지라고 하는데. 대통령은 고사하고 그보다 몇 단계나 낮은 사람을 아버지로 둔 사람들도 웬만한 문제에는 눈도 깜박 안 하는데, 대통령과는 비교도 안 될 만큼 높으신 하나님을 아버지로 모신 자들이 문제를 문제로 보지 않는다고 해서 이상해할 것은 없다.

그런가 하면 또 믿는 사람들은 겁쟁이이다. 바늘같이 작은 것도 소같이 크게 본다. 그리고는 무서워서 벌벌 떤다. 아예 옆에 가는 것도 꺼린다. 죄는 아무리 작은 것일지라도, 돈짝 만하게 작은 것일지라도 하늘만큼 크게 보여 이로부터 멀리멀리 도망치고 만다. 미움, 시기, 욕심 같은 것과는 상종도 하지 않으려 한다.

나의 신앙의 성적표를 보고 싶은가? 큰 것이 작게 보이고, 작은 것이 크게 보이는가? 그렇다면 나의 신앙은 만점이라 해도 좋다. 그러나 작게 보여야 할 것 즉 문제 같은 것이 크게 보이고, 크게 보여야 할 것 즉 죄 같은 것이 작게 보여서는 안 된다. 그렇게 되면 사단한테는 만점을 받겠지만 하나님께는 영점도 못 받는다.

신앙도 훈련으로 길러야 한다. 그런데 신앙훈련의 방법은 말씀과 기도뿐이다. 말씀을 읽어 실천하되 기도로 도움을 청해가며 하는 수밖에 달리 방법이 없다. 그러다 보면 눈이 밝아져 큰 것이 작게 보이고 작은 것이 크게 보일 것이다. 하나님께서 정말로 나의 아버지가 되실 것이다.

늦된 신앙이 크게
결실하기를 바라는 마음

⛪ 십 년 가까이 전에 들은 이야기이다. 오래된 일이라 자세한 것은 기억하지 못하지만 내용은 대개 이러하다. 강원도의 어느 곳에서 유명한 무당이 큰 굿판을 벌린다기에 민속신앙을 연구하는 성직자가 지프차로 신학생 몇 명과 같이 구경을 갔더란다. (같이 간 사람 수가 5명이라고 들은 것 같기도 하고 7명이라고 들은 것 같기도 한데, 그냥 5명이라고 해 두자).

현장에 도착하니 굿판은 이미 벌어지고 있었다. 일행 5명도 둘러싸고 구경을 하고 있는 사람들 틈에 끼었다. 그런데 예기치 못한 상황이 벌어졌다. 갑자기 굿을 하던 무당이 쓰러져 입에 거품을 물고 "예수쟁이 다섯 마리가 와서 굿을 못하겠다"며 욕을 퍼부었다. 이때 같이 간 신학생 중 한 명이 그 자리에 선 채 훌쩍훌쩍 울기 시작했다. 놀란 일행들이 이유를 묻자 나 같은 것조차 예수를 믿는 신자로 마귀까지 인정하는 것을 보니 너무도 감사하고 감격하여 눈물이 난다는 것이었다.

오, 이 '작은자' 예수여!

지난 토요일 나는 12시간 이상을 병원 응급실 신세를 져야만 했다. 죽음까지 생각하게 하는 육체적 고통이었다. MRI 촬영 등 각종 검사를 받고 원인이 규명된 뒤에서야 대수롭지 않은 것이어서 안심이 되었지만, 그러기 전에는 이러다가 죽는 것이 아닌가 하는 생각이 들 정도로 고통이 심했다.

그러나 나는 이를 통하여 얻은 것이 참으로 많았다. 무엇보다도, 죽음을 생각하면서도 이에 대한 두려움을 조금도 느끼지 않고 지낼 수 있다는 것을 확인한 것은 나로서는 커다란 수확이었다. 다른 사람들이 들으면 웃을 일이지만 신심이 깊지 못한 나로서는 스스로 생각해도 대견스러운 일이었다. 물론 평소에도, 내 지금 죽는다 해도 두려울 것이 없을 것 같다는 생각을 안 해 온 것은 아니지만, 실제로 죽음을 눈앞에 두고서도 그렇게 의연할 수 있을까 하는 의구심을 가져왔던 것이 사실이다.

응급실에서 고통을 견디면서도 옆에서 지켜보고 계시는 하나님을 느낀 것도 큰 은총이었다. 하나님께서는 지켜보고만 계시는 것이 아니라 가장 적절한 말씀으로 위로해 주시기까지 했다. 하나님의 위로에도 마음이 편하지 않은 사람은 없을 것이다.

가족의 소중함과 고마움을 다시 한 번 깨달은 것도 은혜 중의 은혜였다. 너무도 당연한 일이어서 공기의 고마움을 잊고 살 듯 가족의 고마움도 잊고 살아 왔다는 반성도 하게 되었다. 자만하고 교만한 자신에게 겸손이라는 약이 투여되기도 하였다.

육체적 병을 앓으며 영적 은총을 깨닫는 것을 보니 환갑을 맞는 이 나이에 이르러서야 나는 신앙상의 철이 들기 시작하는가 보다.

박제된 신앙을 넘어서

하나님의 보좌를
움직이는 것들

하나님은 크시다. 우리 인간들이 상상도 할 수 없을 만큼 크시다. 우주의 크기를 알 수 없듯이 하나님의 크기도 알 수가 없다. 아니다. 과학자들은 우주의 크기가 얼마만할 것이라고 짐작만이라도 해보려 하지만 하나님의 크기를 말할 수 있는 사람은 아무도 없다. 말할 수 있다면 무한히 크시다는 정도일 것이다. 아니, 또 하나 말할 수 있는 것은 하나님은 우주보다 크시다는 것이다. 우주는 하나님이 지으시고 지금도 운행하고 계시니 이와는 비교도 안될 만큼 크실 것임에 틀림없다.

그렇다면 하나님은 크기만 하신가. 이 또한 아니다. 섬세하시기도 하다. 하나님께서 만들어놓으신 천지만물들이 얼마나 섬세한가를 보라. 다른 것을 볼 것도 없이 인간만 해도 얼마나 섬세한가. 크고 작은 뼈들을 골격으로 하여 그 위에 살을 입히시고, 그 살 속 어디에나 피가 안 흐르는 데가 없도록 모세혈관이 지나게 하셨다. 입이며 귀와 눈과 코의 기능에 맞는 모양, 필요에 따라 자유롭게 움직일 수 있도록 해 놓으신 손가락과 팔다리의 관절, 무엇 하나 신비하도록 섬세하지 않은 것이 없다.

그러한 하나님께서는 우리 인간들의 마음의 추이를 그것이 아무리 작은 것일지라도 다 살피고 계신다. 우리의 마음이 얼마나 고운가도 살피시고, 얼마나 추악한가도 살펴 아신다. 그러니 하나님께 알아달라고 말씀드릴 것도 없고 숨길 수도 없다.

그렇다면 가만히 있기만 하면 되는가. 그렇지 않다. 우리는 되도록이면 많은 것들을 하나님께 보고 드려야 하고 지은 죄에 대해서는 회개해야 한다. 그것을 하나님께서 바라시기 때문이다. 하나님께서 외로움을 타시는 분이신지 어떤지는 모르지만 우리가 당신의 가까이에서 당신과의 관계를 더욱 튼튼히 하기를 바라시는 분임에는 틀림이 없다.

내 앞에 닥친 문제가 너무도 커 그것이 새카만 절망으로 다가 올지라도 우리는 그것에 휘감겨서는 안 된다. 하늘에 계신 하나님께서 내 옆에도 계시고 내 안에도 계셔 나의 모든 것을 다 아시기 때문이다.

그러나 알고 계신다고 가만히 있기만 해서는 안 된다. 구원을 청하는 손을 내밀어야 한다. 절박하면 절박한 만큼 간절하게 부르짖으며 문제를 해결해 주시라고 해야 한다. 부르짖으라 한다 해서 목청을 높이라는 말은 아니다. 가슴이 터지도록 마음으로 부르짖을 수도 있다. 그러면 우주보다도 더 큰 능력의 하나님께서 먼지보다도 더 작은 부분까지 완벽하게 문제를 해결해주실 것이다.

믿음이 무엇인가. 이런 것을 믿는 것이 믿음이 아닌가. 그러니 감사로 구할 수가 있는 것이다. 이루어주실 것이라는 것이 믿어지는데 어찌 감사하지 않을 수 있겠는가. 하나님의 보좌를 움직이는 것은 간구만이 아니다. 감사도이다.

좋은 일이 있어도 감사하고, 문제가 생기면 그 문제를 해결해 주실 것으로 믿어 감사하는 것이 우리 믿는 사람들이다. 감사로 기도드렸는데도 문제는 해결이 안 되었다? 그래도 감사하라. 그러면 그 문제가 해결되지 않았음이 아니라 하나님께서 일부러 해결하여 주시지 않았음을 알게 될 날이 올 것이다. 그리고 그것이 나에게 얼마나 더 유익인가도 알게 될 것이다.

포기하는 것은
죄이다

침례교의 역사를 말할 때 윌리엄 캐리를 빼놓을 수는 없을 것이다. 1761년에 태어난 그는 31살 때 상당히 긴 이름의 책을 썼는데, 이를 요약한다면 『탐구』라 할 수 있을 것이다. 그는 여기에서 선교의 당위성을 주장하고 있는데 당시에 선교운동의 헌장과도 같은 역할을 했을 정도로 큰일을 해낸 책이었다. 그는 또 같은 해 "하나님께 엄청난 일을 기대하고 하나님을 위하여 엄청난 일을 시도하라"고 하는 명설교를 하였는데, 이로 인해 이교도 선교를 위한 기구가 조직되기도 했다.

캐리는 32살 때 가족을 데리고 선교를 위해 인도로 떠났다. 그리고 73살을 일기로 세상을 뜰 때까지 41년 동안 고국 영국으로 돌아가는 일 없이 오로지 인도의 선교를 위하여 애썼다. 이러한 그의 선교활동은 초교파적으로 알려졌고, 19세기 개신교 선교운동의 기폭제가 되었다.

그러나 캐리가 처음부터 명설교를 할 수 있었던 것은 아니고, 유능한 선교사 또한 아니었다. 가난한 집안에서 태어난 그는 구두 수선공으로 일했다. 햇볕을 보면 안 되는 피부였기에 실내에서 할 수 있는 일을 찾아야 했다.

선교의 비전을 가진 그는 여러 나라의 언어를 익히며 세계지리를 공부하기도 하고 여러 나라의 인구와 종교에 대한 공부를 하는 등 앞날의 사역을 위하여 많은 노력을 기울였다. 그러나 그의 설교실력은 형편이 없어서 목사안수를 받는 데에도 어려움이 많았다. 인도에 가서도 처음 6년 동안은 단 한 명도 회심시키지 못했다.

우리는 하나님의 일을 하는 데도, 자기 자신의 일을 하는 데도 너무 쉽게 포기하는 경우가 많다. 조금 해보다 안 되면 나는 이 방면에 소질이 없다고 내던진다. 전도도 마찬가지다. 조금 노력해보다 안 되면 나는 전도의 은사가 없다고 자기변명을 늘어놓으며 꽁무니를 뺀다. 우리는 여기에서 윌리암 캐리에게 배워야 되지 않을까 한다. 그는 설교를 못한다고 포기하지 않았다. 가족까지 데리고 간 선교지에서 6년 동안이나 단 한 명도 전도하지 못했지만 죽을 때까지 41년간이라는 짧지 않은 세월 동안 땀을 흘려 세계선교의 역사를 빛냈다.

하나님 앞에서 포기하는 것은 죄이다. 전도는 은사가 있는 사람만 하는 것이 아니라 믿는 사람 누구나가 해야 할 의무이다. 우리 주님의 지상명령이기 때문이다.

<내게 능력 주시는 자 안에서 내가 모든 것을 할 수 있느니라>(빌 4:13)

박제된 신앙을
애도하라

    이 땅이 낳은 성자 손양원 목사는 안용준 목사가 쓴 그의 전기적 소설『사랑의 원자탄』에 의해 세계적으로 더욱 널리 알려졌다. 그는 나환자 수용시설인 여수 애양원에서 환자들의 환부에 입을 대고 피고름을 빨아내는 등의 사랑을 실천하는 가운데 신사참배를 반대하여 일제에 의해 만 5년간 옥살이를 하다가 1945년에 해방으로 풀려났다.

  손양원 목사는 그 뒤 1948년의 여순사건 때 동인, 동신의 두 아들이 좌익학생들에 의해 순교 당하는 아픔을 겪어야 했다. 손 목사는 사건이 진압되고 두 아들을 죽인 좌익학생이 국군들에게 붙잡히자 백방으로 애를 써서 그를 빼내어 아들로 삼아 세인들을 놀라게 하였다. 안용준 목사는 이를 가리켜 자기의 소설을 통하여 사랑의 원자탄이라고 했다. 일본의 히로시마廣島와 나가사키長崎에 떨어진 원자탄은 일본을 전쟁에서 항복하게 했는데, 손 목사야 말로 원수를 사랑함으로써 세상에 그리스도의 사랑의 위력을 보여준 사랑의 원자탄이라는 것이다.

그런데 손 목사는 1960년 6.25 때에 자신도 공산군에 의해 순교 당하였다.

애양원에서 사역을 하기 전 손양원 목사는 부산 감만동 교회의 외지 전도사로 있으면서 각지를 순회하며 전도하여 많은 교회를 개척하였다. 감만동 교회 역시 나환자들의 교회로 교인이 6백여 명이나 되었다. 손 목사는 여기에서 『성서조선』이라는 무교회주의 신앙잡지를 교재로 하여 일주일간 사경회를 한 적이 있었다. 그는 대표적인 보수주의 교파라고 할 수 있는 고신파 목사였으니 언뜻 이해가 가지 않는 부분이다.

손 목사는 결코 무교회주의자도 아니고, 또 무교회주의에 찬동하지도 않았다. 다만 김교신, 함석헌 등이 간행한 『성서조선』에 극히 성경적으로 배울 점이 많았기에 이를 교재로 하여 사경회를 한 것일 뿐이었다. 이 사경회를 통하여 많은 사람들이 큰 은혜를 받았지만 손 목사는 결국 이로 인해 교회를 사임하는 쓰라림을 겪어야 했다.

우리는, 나와는 다른 교파를 무비판적으로 적대시하기 쉽다. 그러나 그래서는 예수님을 십자가에 못 박았던 유대교 지도자들처럼 독선에 빠지기 쉽다. 나와는 다른 교파, 다른 사람이라 할지라도 우리가 신앙적으로 본받고 배워야 할 점이 많고, 또 나나 우리에게도 버려야 할 신앙적 모순이 있다는 것을 인정해야 한다. 그리고 배울 점은 배우고 버릴 점은 버려야 한다. 그래야 신앙이 박제되어 가고 죽어 가는 상태에서 기지개를 켜고 일어나 성장해 갈 수가 있는 것이다.

실탄 없는 총

어느 장애인 시설의 입주예배에 다녀왔다. 십 수 년 전 크지도 작지도 않은 도시의 교통 불편한 근교 산골마을에 다리를 많이 저는 여전도사님 한 분이 자리를 잡은 곳이다. 돈이 없어 농가의 대지는 사지 못하고 지상의 집만 한 채 사서 장애인 한 명을 데리고 시작했다.

처음에는 마을 사람들의 반대가 극심했다. 그러나 전도사님은 장애인뿐 아니라 마을을 위해서도 헌신적이었다. 장애를 가진 가족이 늘고 후원자 또한 늘었으나 창고는 항상 개방되어 있어 거기에는 언제나 남아 있는 것이 없었다. 아무리 많은 것들이 들어와도 장애 가족들이 먹고 쓰고 나면 마을 사람들에게 모두 나누어주고 말기 때문이다. 그러니 마을 사람들은 얼마 지나지 않아 더할 수 없이 좋은 정신적 후원자가 되었다.

전도사님은 기도하는 사람이기도 하다. 기도를 해도 추상적으로 하는 것이 아니라 어떠한 문제가 생기면 구체적으로 한다. 나는 전도사님이 기도의 응답을 받는 것을 여러 번 보았다.

몇 년 전의 일이다. 건축폐기물공장이 장애인의 집 바로 옆에 들어섰다. 소음에 먼지, 장애인 식구들이 겪는 어려움이란 말로는 다할 수가 없었다. 나가라 한다 해서 나갈 그들이 아니었다. 그래서 전도사님과 그들 사이에는 싸움 아닌 싸움이 시작되었다. 해보나 마나 한 어린아이와 장정의 싸움이었다.

그러나 전도사님은 승리를 확신했다. 하나님께서 장애인들의 어려움을 보고만 계시지 않을 것이고, 당신의 기도 또한 들어주시지 않을 리가 없을 거라는 것이었다. 나는 전도사님의 말씀을 그대로 믿기가 어려웠다. 옳은 말씀이었으나, 옳다고 다 이루어진다는 보장이 없다는 것을 알고 있는 나였기 때문이다. 이루어 주실 것을 믿는다며 기도드렸으나 얼마나 많은 사람들이 하나님의 응답을 받지 못하고 말았던가. 입으로는 믿는다면서도 실은 믿지 못했기 때문이고, 기도 또한 하나님을 깊이 만나는 데에까지 이르지 못했기 때문이다.

그런데 어린아이는 다윗이었고 장정은 골리앗이었다. 공장을 스스로 헐고 그들은 쫓겨난 것이다. 기적은 언제나 일어난다는 것을 나는 알았다. 전도사님의 믿음과 기도를 여느 사람들의 그것처럼 생각했던 나의 신앙적 안목을 부끄러워했다.

그러는 동안 전도사님은 목사안수도 받았다. 이제는 식구도 75명으로 늘고 집도 새로 지어 입주감사예배를 드린 것이다. 연건평이 정확히 500평이라 했다. 나는 목사님을 통해서 하나님의 모습을 좀 더 확

오, 이 '작은자' 예수여!

실히 볼 수가 있었다. 하나님 앞에서는 외모나 인간적 능력이 별것이 아니라는 것을 알았다. 그런 것과 상관없이 하나님께서 쓰시고자 하면 얼마든지 큰일을 할 수 있음을 보았다.

입주예배에는 그 산골에 700여명의 축하객이 모여들었다. 예배에서 목사님은 당연히 많은 칭송을 들었다. 그러나 정작 목사님은 자신이 하나님의 영광을 가로채는 결과가 될까봐 몹시 신경을 쓰시는 듯 했다.

그런데 나는 기쁘면서도 한편 마음이 우울했다. 꼭 열 분의 목사님들이 예배의 과정을 통해 어떠한 형태가 되었든 말씀을 하셨는데 정작 중심이 되어야 하는 장애인들에 대한 말은 한 마디도 없었던 것이다.

목사님은 장애인들을 위하여 기도와 눈물과 땀으로 집을 지었다. 그런데 축하하러 온 사람들의 관심은 목사님에게만 있는 듯했다. 아마 목사님의 마음도 나와 비슷하지 않았을까 한다. 여기에서 나는, 장애인의 집에 온 사람들의 관심이 장애인 말고 다른 데에만 있는 것처럼 나의 신앙의 중심에 주님 아닌 다른 것들이 자리 잡고 있는 것은 아닐까 하고 자신을 돌아보았다.

손가락으로 바위를
뚫어 글씨를 새겨라

     🏠 "일필휘지一筆揮之를 나는 믿지 않는다. 언어는 정신의 지문指紋이다."

소설 『혼불』의 작가 최명희 씨의 말이다. 나는 『혼불』을 읽으면서 탄복하고 또 탄복했다. 문학의 향기에 취하고 그 격조에 반하며 읽었다. 문학을 연구하는 사람이고, 그 중에서도 소설이 나의 연구 분야인데도 이토록 나의 정신을 마음대로 요리했던 소설은 일찍이 없었다.

읽으면서 나는 이와 같은 작품을 쓸 수 있는 작가라면 노력만으로 된 것이 아니라는 것을 줄곧 생각했다. 타고난 무엇인가가 없이는 불가능하다고 생각했다. 그러나 정작 작품을 쓴 사람은 위와 같은 말을 했다. 소질보다는 노력을 강조한 것이다.

그녀는 또 말한다. '나는 원고를 쓸 때면, 손가락으로 바위를 뚫어 글씨를 새기는 것만 같은 생각이 든다'고. 그리고 이어서 하는 말이

'날렵한 끌이나 기능 좋은 쇠붙이를 가지지 못한 나는, 그저 온 마음을 사무치게 갈아서 손끝에 모으고 생애를 기울여 한 마디 한 마디, 파 나가는 것이다'였다.

글 쓰는 것이 얼마나 힘들었으면 그녀가 『혼불』의 「후기」에서, '쓰지 않고 사는 사람은 얼마나 좋을까'라는 말을 피를 토해내듯 토로했던 것일까. 글답지 않은 글 나부랭이를 쓰고 있는 나로서는 그녀의 작가로서의 태도에 겸허한 마음으로 옷깃을 여미지 않을 수 없었다. 못된 송아지 엉덩이에 뿔난다고 나는 글을 너무 쉽게 대하고 있지 않나 하는 반성도 하게 되었다.

내 자신을 돌아다보니 만신창이가 되어버렸다는 느낌을 지우기 어렵다. 글 쓰는 모습을 보려고 자신을 돌아다봤는데, 신앙의 모습이 예리한 송곳 끝이 되어 선명한 아픔으로 나의 가슴을 찌른다. 글을 쓸 때면 그래도 정성을 기울이지 않을 수 없고, 다듬고 또 다듬게 된다. 하지만 신앙 면에서 보면 무엇을 얼마나 노력했는지 잡히는 것이 없다.

최명희 씨는 손가락으로 바위를 뚫어 글씨를 새기는 것처럼 원고를 썼다고 했는데, 나는 땅바닥에라도 글씨를 써 손가락에 피 한 방울이나마 맺히게 하는 자세로 신앙을 지키려 한 적이 몇 번이나 있었던가. 십자가 위의 예수님을 바라볼 수가 없다.

그래도 내가 낙심할 수 없는 것은, 그래도 너는 나를 바라보라고 십자가 위의 그분이 말씀하고 계시기 때문이다.

신앙생활을
어렵게 하지 말라

     ⌂ '신앙생활을 쉽게 하는 사람과 어렵게 하는 사람이 있다. 쉽게 하는 사람은 하나님께 모든 것을 맡기고 그분께서 원하시는 바에 따라 살아간다. 반면 어렵게 하는 사람은 하나님께서 바라시는 바를 자의적으로 해석하고 재단하여 자기의 생각에 따라 살아간다.'

  우리 교회의 지난주 대예배 설교 중 도입부분의 내용이다. 기독교 신앙의 핵심은 여기에 있다고 나는 생각한다. 우리는 하나님께서 원하시는 것, 즉 그분의 뜻을 알기 위해 성경을 읽는다. 그러기 위해 기도를 드리기도 하지만, 이를 통하여 우리가 들은 하나님의 음성이라고 하는 것은 성경과 배치되는 경우도 있다. 그렇다면 그것은 하나님의 음성이 아니다. 마귀의 음성이 아니면 자신의 생각이 하나님의 음성으로 포장되어 들린 것에 불과하다. 성경을 읽어도 이를 통하여 하나님께서 우리에게 주시고자 하는 것과는 다르게 그 내용을 이해하기도

한다. 자기의 주관적인 견해가 개입되어 그렇게 된 것이다.

우리를 향하신 하나님의 뜻을 바르게 깨닫기 위해서는 자기를 부정하고 자신을 전폭적으로 성삼위 하나님께 맡긴 가운데 기도하며 성경을 읽어야 한다. 주석이나 그 밖의 다른 성서신학에 대한 책을 몇 가지 참고로 하는 것도 하나의 방법이 될 것이다.

자기를 부인한다는 말은 욕심을 버린다는 말과도 궤를 같이 한다. 사실을 말하자면 우리 범인들은 욕심을 버릴 수가 없다. 버릴 수만 있다면 성자가 될 것이다. 그런데 버릴 수는 없으나 줄일 수는 있다.

우리는 너무 안이하게 신앙생활을 하려하고 있지 않나 한다. 교회 봉사며 헌금을 하는 등의 교회생활을 잘하는 정도로 신앙생활을 잘하고 있다고 생각하는 사람도 있는 것 같다. 그러나 신앙생활은 그런 것만 가지고는 많이 부족하다. 하나님께서는 우리의 모든 것, 생명까지도 원하시기 때문이다. 그러므로 그분께서 원하신다면 생명까지도 내놓겠다는 각오로 사는 것이 좋은 신앙생활이다.

믿는 사람은 내가 내 것이 아니다. 하나님의 것이다. 그러므로 신앙생활에 있어서 나의 방법과 생각 같은 것은 필요 없다. 모든 것을 하나님께 맡기고 그분의 방법대로 살아가면 된다. 갈등할 것도 염려할 것도 없다. 무조건 그분께 순종하면 된다. 그래서 믿음은 단순한 것이다. 그리고 이처럼 단순하게 사는 것이 가장 쉽게 신앙생활을 하는 것이다.

바른길로 하늘나라까지

성경 | 나는 흙탕물에 뛰어 들더라도 옷을 안 버릴 자신이 있다 | 나는 세계적인 부흥사다 | 본질을 벗어난 것은 선이 아니다 | 누구를 위한 사명인가 | 넓은 길보다 더 넓은 좁은 길 | 바보 아닌 바보가 되게 하소서 | 노인들은 전도대상에서 제외하라?

오, 이 '작은지' 예속여!

성경

하나님께서 우리 인류에게 내려 주신 가장 큰 은총은 성경이다. 성경에는, 인간들의 두뇌로는 상상조차 할 수 없을 정도로 크고 큰 천지창조의 위대한 역사役事가 있고, 인류구원의 유일한 길 예수 그리스도가 있다.

인간에게 생명보다 더 귀한 것은 없다. 그것도 보통 백년에도 못 미치는 육신의 생명처럼 유한한 것이 아니라 영원한 것이라면 그 소중함이 어떠하겠는가. 그것의 소중함은 백 원과, 수백 수천억도 아닌 무한한 액수의 금액 차이만큼이나 엄청난 것이다.

그런데 그 엄청나게 소중한 것, 그러니까 영원한 생명이 예수 그리스도에게 있다. 좀 더 시각을 달리해서 보면 예수 그리스도는 그 자체가 영원한 생명이기도 하고, 영원한 생명으로 가는 길이기도 하다. 그러기에 진리이다. <내가 곧 길이요 진리요 생명이니……> 예수 그리스도의 말이다. 이를 다른 방법으로 표현하면 "예수 그리스도＝길＝진리＝(영원한) 생명"과 같은 등식이 성립된다.

이처럼 소중한 것들로 성경은 채워져 있다. 그러니 성경을 많이 읽으라고 강조하고 또 강조한다 해도 아니라 할 수는 없다. 그런데 성경은 왜 읽어야 하는가. 참 어리석은 질문이다. 이에 대한 대답은 앞에서 이미 암시적이기는 하지만 거의 했다. 인간에게 가장 소중한 것인 영원한 생명 즉 영생을 나의 것으로 하기 위해서이다. 욕심스러운 말처럼 들리겠지만 사실이다.

나를 위하는 일이라 해서 이를 다 이기적이라고 해서는 안 된다. 이타적인 것이야말로 진정으로 나를 위하는 일이기 때문이다. 사실 우리는 하나님을 위하여 일을 한다고 하지만 결국은 자기 자신을 위해 하는 것이다. 성삼위 하나님을 믿는데 구원과는 다른 길로 빠진다면 누가 그리하겠는가.

성경은 왜 읽어야 하는가. 어리석은 질문임에 틀림없지만 하지 않을 수 없어 하는 것이니 너무 나무라지 말기 바란다. 모든 책, 모든 글이 다 그렇듯이 그것에 쓰여 있는 것을 알기 위해 읽는다. 그렇다면 성경에는 뭐라고 쓰여 있는가. 한 마디로 대답할 수는 없지만 굳이 말한다면 사랑하라고 쓰여 있다 할 수 있을 것이다. 성경은 하나님의 말씀을 기록한 책이고 하나님은 사랑이시니 가장 적절한 대답일 것이다.

성경을 아무리 많이 읽는다 해도 이 사랑하라는 말을 읽어내지 못한다면 허사가 된다. 그런데 서로가 사랑해야 한다는 것을 모르는 사람은 없을 것이다. 그리고 크리스천이라면 하나님을 사랑해야 한다는 것도 다 안다. 문제는 아는 것으로 끝나서는 안 된다는 데에 있다. 실

오, 이 '작은자' 예수여!

천이 뒤따라야 한다. 사랑의 실천 하나로 신앙생활의 거의 모든 것은 다 해결된다. 생각해 보면 알 일이다, 사랑으로 해결되지 못할 일은 거의 없다는 것을.

그런데 성경을 읽으라는 소리는 우렁차고도 크게 으리의 귀를 때려대는데, 그것을 실천하라는 목소리는 왜 이렇게 잦아들어ᄇ리고 말았는지 모르겠다. 누구누구는 신구약을 합쳐 성경을 몇 십 독을 했다, 몇 백 독을 했다, 그런데 당신은 몇 독이나 했느냐? 하고 못청을 돋우는 부흥강사의 열띤 설교에 아멘 아멘으로 화답하는 청중들은 많은데, 우리의 삶 가운데에서 성경이 말하고 있는 그 근본정신의 자취는 사라져 가고만 있다. 왜인가. 성경을 몰라서인가. 아니다.

부익부 빈익빈의 현상은 교회에도 그대로 나타나 큰 교회는 더 커가고 작은 교회들 가운데에서는 문을 닫는 일이 속출하고 있다. 이렇게 말하면 큰 교회에서는 작은 교회의 교역자들이 능력이 없어서이고 교인들이 열심을 내지 않아서라고 할지 모른다. 틀렸다고만은 할 수 없는 말이다. 그런데 사랑이라는 면으로는 큰 교회들이 자신들의 말을 어떻게 설명할지 궁금하다.

수적 증가를 교회 성장의 비전이라며 교인 수 늘리기에 전력투구하는 교회들을 우리는 흔히 본다. 그렇다면 그렇게 하는 것이 나쁘다는 말이냐고 반문하는 사람도 있을 것이다. 그 대답은 당연히 아니다, 이다. 그런 교회들이 전도로 그리한다면 누가 뭐라 하겠는가. 칭찬에 칭찬을 아끼지 말아야 할 것이며 하나님께서도 상을 내리실 것이다. 그런데 문제는 이미 믿고 있는 사람들을 데려다가 교회의 자리를 채워 놓고 교회가 성장했다며 은연중에 작은 교회에 대해 우월감까지 가지게 된다는 데에 있다. 이렇게 되면 이미 하나님의 교회가 아니라 내교회요 우리의 교회일 뿐이다. 하나님의 교회가 아니라면 그것은 교회일 수 없다.

교인들의 다른 교회로의 수평적 이동은 하나님께서 보신다면 수적으로는 이익도 손해도 아니지만 근본적으로는 커다란 손실이 될 수있다. 다른 교인들을 데려다 자기 교회의 자리를 채웠음에도 전도를했다며 칭찬하는 교회가 있다면 하나님께서는 어떤 마음이실까. 또 교회의 몸집이 커져 대형화된 교회가 희망하는 교인들을 모아 분가시켜개척교회를 세우기라도 한다면 하나님께서는 화를 내실까.

설교는 축복을 받으려면 십일조 등의 헌금을 많이 하라고 외치고,교인들은 이에 부응하여 헌금하는 데에 힘을 쏟는 교회는 어떠한가.그래서 내가 내는 헌금의 액수는 늘어 가는데 경제적으로 어려움을당한 친족에게 보내는 손길은 식어 간다면 이것이 하나님을 사랑하는것인가. 성경은 예수가 사회적 약자에게 한 것이 나에게 한 것이요 하지 않은 것이 나에게 하지 않은 것이라는 의미의 말을 했다 기록하고있거늘.

십일조를 칼같이 하고 헌금을 많이 했더니 하나님이 축복해 주어부자가 되었다는 간증을 교인들은 선망어린 시선으로 바라보며 듣고,또 이것이 교역자의 긍정적인 평가로 이어지는 것이 보통이라는 게우리의 현실이다. 부자가 된 것은 분명히 축복일 수 있다. 그러나 부자가 되어 헌금은 많이 하면서도 가난한 이웃을 돌보지 않는다면 이는 하나님의 채찍일 수 있다. 가난한 이웃은 곧 예수 그리스도이기 때문이다.

오, 이 '작은자' 예수여!

물론 헌금은 선교와 구제에도 쓰인다. 그리고 교회는 구제 기관이 아니다. 그러나 구제가 없는 교회는 교회가 아니다. 예수 그리스도를 돌아보지 않는 교회를 교회라 할 수 없지 않은가. 선교와 구제에 예산을 쓰지 않는 교회는 없을 것이다. 그러나 얼마나 쓰느냐 하는 것을 간과해서는 안 된다. 선교와 구제에 찬양대의 회식이나 그 외의 회의비 같은 것의 몇 배나 쓰고 있는가. 이런 질문을 하고 있는 나도 생각하면 참 한심한 사람이다. 교회 예산중에 가장 소중히 쓰여야 할 선교비나 구제비를 회식비나 회의비 같은 것과 비교하고 있으니 말이다. 그러나 이러한 나를 너무 탓하지 말기 바란다. 탓하기 전에 이런 말이 나올 수밖에 없는 우리의 현실을 울어야 할 것이다.

예를 들자면 한이 없다. 성경을 읽는 사람들이 많은데도 한이 없는 것이다. 왜인가. 성경을 읽기는 하는데 읽기 위해서 읽기 때문이다. 아니면 알기 위해 읽기 때문이고, 그도 아니면 내 논어 물대기 식으로 읽기 때문일 것이다. 읽기는 읽어도 자기 입맛에 맞게 읽는 것이다. 모든 책이 그렇듯이 성경은 저자의 작의作意를 찾아 읽어야 한다. 자의自意로 읽어서는 안 된다. 성경은 하나님의 말씀이 사람의 손에 의해 쓰인 것이다. 그러니 성경의 원저자는 하나님이시다.

성경은 읽기 위한 책이 아니고 알기 위한 책도 아니다. 실천하기 위한 책이다. 실천을 전제로 하지 않는다면 성경은 읽어 무엇 하겠는가.

<사람이 선을 행할 줄 알고도 행치 아니하면 죄니라>(약4:17)

나는 흙탕물에 뛰어 들더라도
옷을 안 버릴 자신이 있다

⛪ 16대 국회의원 아들들의 병역 면제율이 23.5%로, 2.5%인 일반국민의 그것보다 9.4배나 높다고 한다. 의원의 아들들이 면제를 받은 이유는 대부분이 질병 아니면 신체의 결격이란다. 두 아들을 군대에 보내지 않은 어느 대선 후보(의 말)처럼 부실한 자식을 의원님들은 두었고 국민들은 그런 분들을 골라 자신들의 선량으로 뽑은 셈이다.

가만히 있어도 눈에 들어오는 정치판은 일할 맛을 싹 가시게 한다. 정치자금이라는 명목의 돈이 트럭에 가득 실려 기업으로부터 정치판으로 이동한다. 아무리 뼈가 빠지게 일을 해도 호주머니에 만 원짜리 몇 장을 넣고 다니기도 벅찬 서민들로서는 일할 맛이 아니라 삶 자체에 대한 의욕까지 무너져 내리는 것을 느낄 수밖에 없다.

눈 씻고 찾으려 해도 '이런 사람'이라면 하는 정치인은 별로 보이지 않는다. 정치적 현실이 이렇다 보니 국민들이 정치를 외면하는 것은 어쩌면 당연한지도 모른다. 그러나 아니다. 그렇다고 외면한다면 정치는 이제 회생의 가능성조차 잃을 정도로 썩고 말 것이다. 최선이 없다면 차선, 삼선, 사선이라도 고를 수 있는 지혜가 있어야 한다.

오십보백보란 참으로 무책임한 말이다. 어찌 오십 걸음과 백 걸음이 같다는 말인가. 백만 원이 오십만 원의 두 배이듯 백 보는 오십 보의 두 배가 된다. 트럭 한 대의 돈을 승용차 한 대의 돈과 같다 해서는 안 된다. 승용차 한 대의 돈을 한 가방의 돈과 같다 해서도 안 되고, 한 가방의 돈을 지갑 속의 돈과 같다 해서도 안 된다.

사람들은 정치판을 가리켜 흙탕물이라 한다. 그 속에 들어가면 아무리 깨끗한 옷을 입었더라도 흙탕물이 안 튀길 수 없다고 한다. 이러한 흙탕물을 정치인들보고 정화시켜라 해서는 안 된다. 우리의 정치에도 변화의 조짐이 전혀 보이지 않는 것은 아니다. 그러나 미안하지만 정치인 스스로가 변화를 가져오고 있는 것이 아니다. 싫지만, 싫어죽겠지만 국민들이 보고 있으니 그 눈이 무서워 그리하고 있는 것이다.

부정한 돈이라면 한 푼도 손댄 적이 없는 사람을 찾다가 없다고 포기해서는 안 된다. 천만 원 먹은 사람보다 오백만 원 먹은 사람이 나은 것이다. 강도와 배고파 먹을 것을 훔친 사람은 같지 않다. 나라면 정치판에 들어가더라도 절대로 옷에 흙탕물을 묻히지 않을 것이라고 장담해서는 안 된다. 지금의 의원님들 중에도 그 속에 들어가기 전에는 부정한 돈에 손을 대지 않고, 거짓말을 거의 안했던 사람도 많을 것이다. 자신이 할 일을 하지 않고 비난만 한다면 나도 그들과 다를 것이 없다.

그렇다면 정치를 위하여 내가 할 일은 무엇인가. 흙탕물 속에서일지라도 덜 더럽혀진 사람을 찾아야 한다. 그 속에서 뒹굴어 흙투성이가 된 사람과 옷을 조금 버린 사람은 같지 않다.

<너희 중에 죄 없는 자가 먼저 돌로 치라>(요8:7)

오, 이 '작은자' 예수여!

나는 세계적인 부흥사다

손양원 목사 하면 여순사건 때 자기의 두 아들을 죽여 그 죄 값으로 사형을 당하기 직전에 있는 좌익 학생을 빼내어 용서하고 아들로 삼은 사랑의 실천자로 알려져 있다. 그리고 여수에서 가까운 곳의 애양원이라는 나환자 수용시설에서 평생 그들을 보살피며 섬긴 사랑의 실천자로도 알려져 있다. 사랑의 실천뿐 아니라 6.25 때 신앙을 지키며 그리스도를 전파하려다가 인민군에게 죽임을 당한 순교자로서도 알려져 있다.

그러나 능력 있는 부흥사라는 사실은 그다지 알려져 있지 않다. 능력이라고 해서 육신의 병을 고친다거나 하는 그런 것이 아니라 영혼의 병을 고쳐 건강한 믿음을 지닌 신자로 살아가게 하는 그런 능력을 말하는 것이지만.

손양원 목사가 초청받아 가서 인도한 부흥집회는 그 수를 헤아리기 어려울 만큼 많았다고 한다. 그러기에 숱한 일화도 남았는데 한두 가지 소개하고자 한다.

한번은 서울 남대문 교회의 부흥회에 강사로 초청을 받아 갔다. 교회 게시판에 '세계적 성자 손양원 목사'라는 포스터가 붙어 있었다. 손양원 목사는 교회 측에 그 포스터를 떼어줄 것을 부탁했다.

"목사님, 사실인 걸 뭘 그러세요?"

"아닙니다. 저 같은 사람이 세계적이라니요. 당치도 않습니다."

"그냥 놔두게 해주시지요."

"알겠습니다. 그렇지만 이대로는 제가 집회를 인도할 수 없습니다."

교회 측에서는 하는 수 없이 포스터를 떼었고, 손 목사는 그러고 난 뒤에야 설교를 했다.

손양원 목사가 부산 초량교회에서 부흥집회를 인도했을 때 일이다. 설교가 점점 고조되어가고 예배당 안은 은혜의 열기로 뜨거웠다. 성도들은 숨소리조차 죽인 채 빨려들 듯 설교를 듣고 있었다. 기침소리 하나 나지 않고 아멘소리만이 열기 위로 떠오르고 있었다. 이때 누군가 일어나서 외치는 사람이 있었다.

"목사님! 목사님이 보여요. 내가 눈을 떴어요."

울음 섞인 소리에 모두 그쪽을 바라보았다. 그 사람은 흥분을 가라앉히지 못한 채 서서 두 손을 들고 온몸을 세차게 들썩거린다. 장님이었던 사람이다. 성도들은 할렐루야를 외치며 손양원 목사님은 역시 세계적인 부흥사라고 야단들이다.

"성도님들, 조용히 하세요. 저 성도님이 눈을 뜬 것은 분명히 기뻐할 만한 일입니다. 그러나 그것은 저분의 믿음 위에 하나님께서 축복해주신 것입니다. 저와는 상관이 없는 일입니다. 무엇보다도 우리가 이렇게 부흥집회를 연 것은 육신의 병을 고치기 위한 것이 아니라 영적인 병을 고치기 위한 것입니다. 영적인 병을 고침 받았을 때는 아무 말도 없다가 육신의 병이 나으니 야단스러워하는 것은 옳은 일이 못 되지요. 육신의 병을 고침 받는 것보다 영혼의 병을 고침 받는 것이 비교도 안 될 만큼 소중하다는 것을 알아야합니다."

손양원 목사는 강단에 서면 누구도 감히 범접할 수 없는 위엄이 있었고 엄한 아버지처럼 무서웠다고 한다. 그의 일갈에 성도들은 옷깃을 여몄다 한다.

그러나 일단 강단에서 내려오면 그저 인정 많은 이웃집 아저씨 같은 분이었다고 한다. 아이들과 같이 있을 때는 아이 같고, 나환자들과 같이 있을 때는 나환자 같고, 자기의 자녀들과 같이 있을 때는 친구 같았다고 한다.

우리가 살고 있는 오늘날에도 손양원 목사와 같은 쿠흥사와 사역자가 많이 나오도록 기도해야 할 책임이 우리 크리스천들에게 있지 않을까 한다.

본질을 벗어난 것은
선이 아니다

　　🏠 내가 청년시절, 예수를 영접하여 꽃믿음으로 성삼위 하나님을 향한 열정이 대단했을 때의 일이다. 교회 일이라면 무엇에나 열심이었고 1주일에 6일은 이런저런 일로 교회에 갔다. 하절기에는 거의 매일처럼 아예 교회당 마룻바닥에서 자고 새벽기도를 드리기도 했다.

　　그러던 어느 해 송구영신예배 때였다. 벌써 40년이나 전의 일이다. 그 무렵의 시골에는 전도사님이 담임교역자가 되어 교회를 섬기는 일이 많았다. 목사님이 부족했던 탓이다. 우리교회도 마찬가지였다. 그런데 전도사님은 많은 집사님들을 제쳐두고 나에게 대표기도를 하라 하셨다.

　　나는 참으로 길고 긴 기도를 드렸다. 아마 지난 한 해를 돌아보고 또 앞으로 시작될 새해를 인도해주시라 사안을 하나하나 열거해가며 드린 기도가 아니었던가 한다. 친구의 형님이 그 교회 집사님이셨는

오, 이 '작은자' 예수여!

데, 예배가 끝나자 대표기도는 그렇게 길게 하면 안 된다며 나무라셨다. 그때 어찌나 부끄러웠던지. 이유는 듣지 않아도 알 수 있었다. 개인적인 기도라면 한 해를 보내고 새해를 맞는 시점이니 밤을 새워 기도한들 누가 뭐라 하겠는가마는 교인들이 모여 드리는 예배의 한 부분이 아닌가.

우리는 가끔 신앙의 본질이 아닌 것을 본질로 잘못 알거나 착각하는 일이 있다. 신학을 해서이겠지만 나에게도 가끔 설교를 할 일이 생긴다. 목회실습을 할 때의 일이었다. 나는 본래 목회를 하기 위해 신학을 한 것이 아니라 문서선교 쪽에 관심이 커 공부를 시작했었다. 그러니 설교를 잘해야겠다는 생각은 그리 하지 않았다. 그런데도 막상 나에게 설교 차례가 돌아오면 잘하고 싶은 욕심이 생겼다. 좋은 설교와 잘하는 설교가 어떻게 다른지 모르지만 하여튼 기왕 하는 설교니 잘하고 싶은 것은 당연한 일인지도 모른다.

물론 잘하는 설교란 좋은 설교가 되지 않으면 안 된다. 그러나 나는 좋은 설교로서의 잘하는 설교를 하려 했다기보다 실수 없이 감동적인 설교를 하려 했었던 것 같다. 우리는 설교자의 입에서 청산유수처럼 쏟아져 나오는 말에 감동되어 눈물을 줄줄 흘리기도 한다. 그리고는 은혜를 받았다고 한다. 물론 이러한 설교가 좋은 설교일 수 있고 이런 설교에 은혜를 받을 수도 있다. 그러나 아닐 수도 있다. 성도들의 신앙에, 신앙의 인격에 변화를 조금이라도 가져다주었다면 좋은 설교요 은혜를 받은 것임에 틀림없다. 그러나 그렇지 않았다면 그것은 잘한 설교도 좋은 설교도 아니다. 눈물은 흘렸으나 은혜를 받는 것은 아니다.

청산유수처럼 말을 쏟아낼 수 있다는 것은 분명히 은혜이다. 그러나 그것이 정말로 은혜로 열매를 맺기 위해서는 자기의 심령 깊은 곳에서부터 우러나와야 된다. 성도들을 향하기 전에 자기의 양심을 향하여 불을 뿜어야 한다. 성도들의 변화를 바라기 전에 자기부터 변화를 이루어 가야 한다. 그럴 때 성도들도 변화되어 가는 것이다.

이것을 깨닫고부터 나는 설교에서 실수를 하지 않게 해주시라는 기도를 드리지 않게 되었다. 실수를 해도 좋으니, 말을 더듬거려도 좋으니 내 영혼 깊숙이에서 나오는 것으로 먼저 나를 향해 외치고 성도들에게 말하게 해주시라고 기도드린다. 그리고 이 설교가 나도 성도들도 변화시킬 수 있도록 해주시라고 기도드린다.

오, 이 '작은자' 예수여!

누구를 위한 사명인가

나는 지금까지 하나님께서는 결과보다 과정을 소중히 여기신다고 주장해왔다. 믿는 사람들이 결과에 치우쳐 거기에 신경을 쓰다보면 그 결과에 도달하기 위해서 아무래도 성경이 제시한 방법보다 인위적인 방법을 동원하기 쉽다. 그렇다면 그것은 불신앙이 되며, 불신앙은 두말할 필요도 없이 믿는 사람들이 물리쳐야 할 일이다.

많은 교역자들은 자신이 섬기는 교회를 큰 교회로 만드는 데에 온 힘을 다 쏟아 붓고 있다. 그리고 그것이 결실을 맺어 이 땅에 대단히 많은 수의 대형교회들이 서게 되었다.

그런데 그 결과 이 땅의 많은 대형교회들 안에서 하나님의 영역이 축소되고 말았다. 수천, 수만의 교인들이 모이는 교회인데 아직도 양이 차지 않아 전도라고 하는 이름으로 남의 교회의 교인들을 모셔다가 자기 교회를 채우려는 현상은 이제 보편적인 것이 되어버린 듯하다. 믿지 않는 사람들에게 복음을 전하여 하나님의 교회를 채우는 것보다 남의 교회의 교인들을 모셔다가 자기 교회를 채우는 것이 손쉬운 것이다. 그렇게 하면서도 전도에 힘쓰자며 서로가 서로를 격려하는 가운데 하나님께는 교회를 채워주시라 조르며 기도라고 하고 있으니 하나님의 마음은 어떠하시겠는가.

그들에게는 이미 나는 심었고 아볼로는 물을 주었으되 오직 하나님은 자라나게 하였다(고전3:6)고 바울을 통하여 하신 말씀은 개도 물어가지 않으리만큼 영양가 없는 것이 되어버렸다. 무슨 일이 됐건 결과는 사람의 소관이 아니라 하나님께 속한 것이라는 사실을 우리는 다시 한 번 되새김질해 봐야 하리라고 생각한다. 그리고 또 과정은 철저하게 사람들의 소관이라는 것도 마음에 새겨야 하리라고 생각한다.

그렇게 한다면 예수님으로 오신 헐벗고 굶주린 사람들이 교회 주변에 넘쳐나는데도 이런 일에는 아랑곳하지 않고 천문학적인 돈을 들여 교회의 건물 치장이나 하는 일이라든지, 서민들로서는 입이 딱 벌어질 만큼 많은 퇴직금을 받으면서도 적다고 투덜대는 목사님은 생기지 않을 것이다.

믿는 사람들 가운데에는 하나님으로부터 사명을 받아 이를 이루어 나가는 사람들이 많다. 천사들도 흠모할 만큼 아름다운 일이다. 그런데 이것도 경우에 따라서는 하나님을 곤혹스럽게 하는 일이 되기도 한다. 사명을 이루기 위해서는 혼신의 힘을 다 쏟지만, 생활은 믿지 않는 사람들과 별반 다르지 않은 사람들의 경우가 그러하다.

사명이 꽃이라면 믿는 사람들의 생활은 뿌리요 줄기요 잎이다. 다시 말해 인격은 개차반인 사람이 결과만을 놓고 사명을 다했다 하는 것은 입도 줄기도 뿌리도 없이 꽃을 피워냈다고 우기는 것과 마찬가지이다. 그것이 꽃이라면 생명을 지닌 생화가 아닌 가화에 불과한 것이다. 그런데 하나님께서 원하시는 것은 그와 같은 가화가 아니라 은은한 향기를 뿜어내는 생화라는 것을 우리는 몰라서는 안 된다.

하나님께서는 아쉬워서 우리에게 사명을 주신 것이 아니다. 우리에게 은총을 내려주시려고 주신 것이다. 그런데 믿음의 인격이 뒷받침해주지 않는 사명은, 하나님의 방법으로 이루지 않은 사명은 사상누각에 불과하여 하나님을 곤혹스럽게 한다. 설혹 그것이 하나님의 일로 남는다 해도 그것은 결코 하나님을 기쁘시게 할 수 없으며 하나님의 칭찬도 상도 받을 수 없다.

기도로 자기를 가리고 있는 구름을 물리쳐 햇볕을 받아가며 뿌리를 내리고 줄기를 자라게 하여 잎의 수를 늘려간다면 꽃은 저절로 피고 열매 또한 튼실하게 맺는다. 그 열매가 사람의 눈에는 안 보일 수도 있지만, 하나님의 눈에는 분명히 보이도록 맺는다. 하나님께서는 이러한 모든 과정을 기뻐하시고 칭찬해주시며 상도 주시는 것이다.

애는 애대로 쓰고 하나님을 근심스럽게 하여 칭찬도 상도 받지 못하는 일은 어리석은 짓이다. 결과는 하나님께 맡기고 우직하리만큼 성경말씀에 따라, 그러니까 하나님의 방법에 따라 사명을 완수하기 위해 기도하며 땀을 흘리는 사람은 일 자체가 기쁨이 되고 하나님의 은총도 받게 되는 것이니 이런 이야말로 지혜롭고도 지혜로운 사람이 아니겠는가.

넓은 길보다 더 넓은 좁은 길

🏠 성경은 사람들을 향하여 좁은 문으로 들어가라(마7:13) 하고, 생명으로 인도하는 문은 좁고 길이 협착하여 찾는 이가 적다(마7:14)고도 한다.

그렇다면 성경이 말하는 이 문과 길은 얼마나 좁고 협착한 것일까? 사람이 비집고 들어가기도 힘들만큼 좁고, 걷기 어려울 만큼 협착한 것일까? 아니다. 그런 게 아니다. 하나님께서는 인간들에게 고통을 주기 위해서 좁은 문과 협착한 길을 만들어놓으신 것이 아니다. 오히려 편하고 행복하게 하기 위하여 만들어놓으신 것이다.

좁은 문으로 들어가고 협착한 길로 가는 것이 어떻게 편하고 행복한 것이냐는 의문도 생길 것이다. 그런데 하나님께서 만들어 놓으신 좁은 문과 협착한 길은 우리가 흔히 생각하는 것처럼 그렇게 좁은 것이 아니다. 사람들이 들어가기에 아무런 지장도 없고 달리는 데에 걸리는 것이 하나도 없을 만큼 넓다. 다만 욕심이라는 짐을 지고 들어가거나 달리기에 좁은 것일 뿐이다.

넓은 운동장에 그어놓은 100m 경주 코스를 생각한다면 금방 이해가 갈 것이다. 코스는 결코 넓지 않으나 달리는 데에 지장이 없다. 오히려 코스를 그어놓지 않는다면 아무리 일직선으로 달리려 해도 잘되지 않을 것이다. 눈을 가리지 않는 한 코스는 빨리 달리는 데에 도움이 된다. 마찬가지로 좁은 문, 협착한 길도 욕심이라는 토따리를 끌어안지 않는 한 우리의 인생길을 행복하게 가도록 해준다.

욕심을 버리라고 해서 비전까지도 버리라는 말은 아니다. 우리의 맹점은 비전과 욕심을 혼동하는 데에 있다. 하나님께서는 우리에게 주신 달란트를 사장시키기를 원치 않으신다. 최대한으로 신장시켜 쓰기를 원하신다. 그것이 우리에게 바라시는 하나님의 뜻이다.

장사를 하는 사람은 성실한 가운데 머리를 써가며 돈을 많이 벌어야 한다. 게을러빠져서는 하나님의 사랑을 받지 못한다. 그러나 돈을 못 버는 한이 있더라도 정직하지 못해서는 안 된다. 직장인도 능력을 인정받아 승진하는 것은 좋은 일이다. 그러나 술수로 승진을 한다면 죄를 짓는 것이다. 어떤 목회자는 비전이라며 큰 교회의 청사진을 제시하기도 하나, 그것은 비전이 아니라 욕심이다. 목회의 비전은 큰 교회가 아니라 바른 교회여야 한다. 교회가 바른 길로만 간다면 양적인 성장도 따르게 된다는 것은 정한 이치이다.

비전은 견고히 가지되 욕심을 버린다면 좁은 문을 넓은 문처럼 들어가게 될 것이며, 협착한 길을 탄탄대로처럼 달릴 수 있을 것이다. 욕심을 버린다고 궁핍한 생활을 하는 것도 아니고 출세를 못하는 것도 아니며 목회에 실패하는 것도 아니다.

욕심을 내려놓고 좁은 문으로 들어가서 협착한 길로 가기만 하면 비록 큰 재산은 모으지 못할지라도 부자 못지않게 풍요로운 삶을 누리게 될 것이고 출세도 할 수 있을 것이며, 몇 천 몇 만 명이 모이는 교회는 아닐지라도 하나님께서 더욱 기뻐하시는 교회를 섬기게 될 것이다.

오, 이 '작은자' 예수여!

바보 아닌 바보가
되게 하소서

🏠 오늘 교회에 조그마한 행사가 있어 목사님들 몇 분이 식사를 하는 자리에 전도사인 나도 끼었다. 우리 교회는 목사님이나 전도사나 누구나 할 것 없이 자유롭게 아무런 거리낌도 없이 곧잘 토론을 벌이기도 하고 자기의 의견들을 주장하기도 한다. 장애인 시설의 교회라는 특성 말고도, 섬김을 받기 위해서가 아니라 섬기러 이 땅에 오신 예수님의 가르치심을 받고자 노력한다는 또 하나의 특성이 있는 교회이다. 그러다보니 나 같은 전도사도 침을 튀기며 자신의 생각을 여과 없이 말하기도 하지만 누구 하나 탓하는 사람이 없다.

오늘도 밥상을 물리자 자연스럽게 여러 가지 내용들이 화제로 떠올랐다. 한 목사님께서 하신 말씀이다. 어느 교회의 목사님이 집을 몇 채 가지고 있어 전세를 주었는데, 계약기간이 끝나기도 전에 그 집들을 팔고 세 들어 사는 사람들에게 집을 비우라 한다는데 그럴 수가 있느냐는 것이었다. 나는, 그런 경우는 흔히 있는 일이어서 이제 그 정도는 특별한 것도 아니지 않느냐는 의미로 말을 했다. 그런데 목사님들께서는 그렇게 하는 것도 용납되는 일이 아니냐는 뜻으로 들으신 것 같았다. 그렇게 해서는 절대로 안 되는 것이라 하시는 목사님도 계셨고, 일단 한 계약이니 아무리 큰 손해가 나더라도 계약에 명시된 기간을 지켜야 한다는 목사님도 계셨다. 참으로 맑은 영혼에서 나온 생각들이라 여겨졌다. 우리 교계의 목사님들이 다 이와 같은 신앙을 가지게 된다면 한국 교회는 정말로 하나님께서 기뻐하시는 방향으로 성장해 갈 것임에 틀림없을 것이라는 생각이 들었다.

나도 잘 되지는 않지만 그렇게 살아보려고 노력만은 하고 있는 것이 사실이다. 약속은 장난으로 한 것까지도 지키려고 노력해왔다. 사실 약속한 것을 어겼던 일은 거의 없는 것 같다. 아무리 큰 손해가 날지라도 한 번 한 약속은 지키는 것이 인격을 지키는 것이요 신앙을 지키는 것이기 때문이다. 그러니 계약이야 더 말해 무엇 하겠는가.

사실 몇 해 전에 오래 살아 낡은 아파트를 판 일이 있다. 전주에 있는 아파트였다. 부동산 (사무소) 몇 군데에 팔아달라고 내놓았다. 시세보다 약간 싸게 내놓았다. 나라고 제값을 받고 싶지 않은 것은 아니지만, 소심한 나인지라 빨리 팔리지 않으면 신경이 집 팔리는 데로 쏠릴 것은 빤한 일이고, 그리되면 기도 또한 빨리 팔리게 해주시라는 데에 많은 시간을 할애해야 할 것 같아서였다.

그런데 역시 싸게 내놓으니 부동산에서 연락도 빨리 왔다. 우리는 대전에 살고 있으므로 며칠 후에 가서 계약을 하기로 했다. 그리고 나서 두어 시간도 채 안 되어 다른 부동산으로부터 아까의 부동산이 제시한 것보다 상당히 많은 액수로 계약을 하자는 전화가 왔다. 아쉬움은 있었지만 망설이지 않고 바로 거절했다. 순수한 신앙이 되지 못한 나인지라 구두의 약속만이지만 어겼다가는 더 큰 손해를 브게 될지도 모른다는, 아니면 약속을 지키므로 더 큰 이익을 주실지도 모른다는 것을 아둔한 나의 머리는 계산하고 있었는지도 모른다. 만약 그랬다면 기복신앙의 소치였을 것이다.

　나는 자신이 머리가 좋지 않아서인지 모르지만, 영리한 사람들은 별로 좋아하지 않는다. 좀 더 솔직히 말해서 영리한 사람들은 여간해서 손해를 보려 하지 않기 때문이기도 하다. 나는 머릭가 좋지 않으면서도 손해 보기를 극히 꺼려하는 자신이 싫고 미울 때가 많다. 어리숭하게 손해를 가끔 보면서도 바보처럼 헤헤 웃을 수 있는 나였으면 참 좋겠다. 나는 그런 바보를 하나님께서 사랑하실 것이라는 믿음을 가지고 있는데 정말로 그런 것일까. 이 사회는 그런 바보들을 필요로 하는 것이 아닐까. 앞에서 말한 화제에 올랐던 목사님께서 이런 말을 들으신다면 뭐라고 하실까.

노인들은
전도대상에서 제외하라?

🏠 나는 금년 가을 어떤 교회의 세례식에 참석하였다. 그런데 그 세례식은 나에게 큰 가르침을 주었다. 세례를 받는 성도들 가운데 노인들이 많았던 것이다.

노인들은 사회에서뿐 아니라 가정에서조차 설 자리를 잃어버린 지오래이다. 아이들에게는 온갖 정성을 다 들이면서도 부모에게는 인색한 가정이 많다. 이런 사람들은 자기 아이에게 너도 성인이 된 다음 나처럼 네 자식들에게는 잘하지만 나에게는 잘못하라고 가르치고 있는 것이다.

실제로 눈으로 보고 귀로 듣는 것보다 더 효과적인 교육은 없는데 이런 사람들은 세상에서 가장 효과적인 시청각교육을 자기 자녀들에게 시키고 있는 것이다. 백문이 불여일견임을 알고도 그럴 수 있는지 궁금하기도 하다.

노인들에게 등한히 하는 현상은 교회에서도 볼 수 있다. 젊은이들이 많으면 희망이 있는 교회이나 노인들이 많으면 별 볼일 없는 교회가 된다. 그래서인지 전도도 노인들에게보다 젊은이들에게 하려는 교회가 많다.

기독교의 궁극적인 목적은 하늘나라에 가는 것이다. 좀 유치하게 들릴지 모르지만 우리의 최종 목표는 예수 믿고 천당에 가는 것이다. 그런데 천당은 죽지 않고는 갈 수 없는 곳이다. 그렇다면 말이다, 노인이 빨리 죽는가, 젊은이가 빨리 죽는가. 일반적으로 볼 때 노인이 빨리 죽는다는 것이 정답이다.

바꾸어서 생각하면, 믿지 않는 사람들에 대해 하는 말인데, 노인은 젊은이들에 비해 예수를 믿을 기회가 적다. 이것은, 전도는 젊은이들보다 노인들에게 하는 것이 시급하다는 말이 된다.

그 교회는, 대예배의 새 신자 소개 때 일어나는 분들 중에도 노인이 자주 보인단다. 참으로 바람직한 일이다. 노인들의 전도에 힘을 썼다는 이야기도 되기 때문이다. 하기야 전도는 하지 않고 세월이 가니 젊은이들이 나이 들어 노인들만 있는 교회도 있다. 희망이 없는 교회이다.

전도에 어찌 젊은이와 노인의 구별이 있겠는가. 그러나 유감스럽게도 노인들이 홀대를 받고 있는 세상인데, 내 눈에는 전도까지도 그런 것처럼 보여 이래서는 안 되는데 하는 생각을 해 본 것일 뿐이다.

그런데 내가 금년 가을 세례식에 참석한 그 교회는 그렇지 않은 것 같아 이런 교회들이 좀 더 늘었으면 하는 생각도 하보게 되었다.

성령충만은 드리는 것

헌금을 많이 하면 축복을 받는다? | 하나님을 탐욕스러운 분으로 만들지 말라 | 나는 정말 십일조를 칼같이 해왔다 | 물질의 축복을 받기 위해 하는 헌금 | 차돌로 소금을 만드는 방법 | 성령과 동거할 수 없는 것 | 능력만 있고 사랑은 없는 예수님 | 붕어빵에는 붕어가 없다

오, 이 '작은자' 예수여!

성령충만은 드리는 것

오, 이 '작은자' 애숙여!

헌금을 많이 하면
축복을 받는다?

4천억 원대의 부당 대출을 받아 도피생활을 하고 있는 기업의 총수가 서울시내에 호화저택을 지어놓고 제왕처럼 살아오다 붙잡혔던 일이 있다.

700평이 넘은 대지의 그 저택에는 실내 골프장과 방음시설이 완비된 노래연습장이 있는가 하면 16대의 CCTV까지 설치해 놓고 출입하는 사람들을 감시하며 많은 사람들을 집에 두고 부렸다 하니 세상에 이런 도피생활도 다 있나 싶을 정도이다.

더욱 놀라운 것은 집안에 불당(佛堂)까지 만들어 놓았다 하니 이런, 세상에! 하고 입이 딱 벌어진다. 얼마나 복을 받고 싶었으면, 얼마나 불심(佛心)이 깊었으면 죄를 지어 쫓기는 생활을 하는 중에도 불당까지 지어놓고 복을 빌었을까 싶다. 그가 다니는 절의 승려까지 그가 죄를 짓는데 일조했다 하니 그 신도에 그 스님이 아닌가?

나는 타종교를 헐뜯을 생각은 없다. 우리의 교회라 해도 그리 크게 다를 게 무엇인가 싶은 생각이 안 드는 것도 아니다. 부동산투기라도 해서 돈을 많이 벌어 헌금 많이 하고, 또 바르지 못한 방법으로라도 출세라는 것을 하면 축복을 받은 것이라고 믿고 있는 사람도 없지 않은 것 같다. 또 그런 사람들이 대접을 받는 교회도 있다는 것이 사실이기도 하다.

> 두 사람이 기도하러 성전에 올라가니 하나는 바리새인이요 하나는 세리라. 바리새인은 서서 따로 기도하여 가로되, '하나님이여, 나는 다른 사람들 곧 토색, 불의, 간음을 하는 자들과 같지 아니하고 이 세리와도 같지 아니함을 감사하나이다. 나는 이레에 두 번씩 금식하고 또 소득의 십일조를 드리나이다.' 하고, 세리는 멀리 서서 감히 눈을 들어 하늘을 우러러 보지도 못하고 다만 가슴을 치며 가로되, '하나님이여, 불쌍히 여기소서. 나는 죄인이로소이다.' 하였느니라.(눅18:10-13)

바리새인은 불의한 돈으로 헌금을 하지 않았다. 율법도 어기지 않았다. 적어도 외형적으로는 그렇다. 그러나 예수님께서는 이런 부류의 사람들을 향하여, "화 있을찐저 외식하는 바리새인과 서기관들이여, 너희가 박하와 회향과 근채의 십일조를 드리되 율법의 더 중한 바 의와 인과 신을 버렸도다"(마23: 23)라 책망하셨다. 예수님께서는 근본적인 정신을 망각한 채 헌금한 것을 꾸짖으신 것이다.

그렇다면 나는 어떠한가? 십일조를 드리고 주일을 지키고 새벽기도를 하고는 스스로 만족해한 적은 없었는가? 만약 그렇다면 나도 저 바리새인과 서기관들에게 하셨던 것과 똑같은 책망을 예수님으로부터 들을 수밖에 없을 것이다.

예수님께서는 십일조를 하라고 하시지 않았다. 너의 모든 것을 다 내어놓으라 하셨다. 안식일을 지키라 하시지도, 새벽기도를 하라 하시지도 않으셨다. 삶 전체를 하나님께서 기뻐하시는 산제사가 되게 하라 하셨다. 그렇게 할 때 주일에 드리는 예배를 하나님께서 기뻐 받으실 것이다. 골방에 들어가 문을 닫고 기도하라 하셨다. 내면 깊숙한 곳에서 하나님을 만나 기도를 드리라는 말이다.

그렇다고 십일조나 새벽기도를 하지 말고 주일을 지키지 말라는 말이 아니다. 왜 그렇게 해야 하는가를 알며, 그 본래의 의미를 망각하지 않는 가운데 하라는 말이다. 그렇게 하지 않으면 죄의 돈으로 집에 불당까지 마련해놓고 복을 비는 사람과 같은 모순을 낳게 될 우려가 있는 것이다.

앞에서 말한 재벌의 총수는 불심 아닌 것을 불심으로 잘못 알아 세간의 우스갯거리가 되었다. 우리도 조심해야 할 일이다. 믿음 아닌 것을 믿음으로 알아 열심을 낸다면 나도 저와 같은 사람이 되지 말라는 법은 없을 것이다.

하나님을 탐욕스러운
분으로 만들지 말라

🏠 십일조를 많이 할 수 있게 해 주시라고 기도드리는 사람도 있다. 수입을 늘려 주시라는 기도이다. 이렇게 기도드려 십일조를 많이 하게 된 사람도 있다고 한다. 기도의 이런 성공사례는 부흥회 때 강사 목사님을 통해 흔히 듣는다. 강사 목사님은 여러분들도 이런 기도를 드려 물질의 축복을 받으라고 강조하는 것이 보통이다.

그러나 나의 생각은 좀 다르다. 하나님께서 무엇이 부족하여 많은 액수의 십일조를 원하시겠는가. 천지만물이 다 당신의 것이요, 지구상의 온 인류가 당신의 피조물이며 당신께서 마음대로 하실 수 있는 존재인데 말이다. 하나님께는 백만 원의 십일조나 십 만원의 십일조가 다르지 않다. 어느 것이 많고 어느 것이 적은 것이 아니라는 말이다. 액수보다는 어떤 마음가짐으로 얼마나 기쁘게 드리느냐에 따라 하나님의 기뻐하심 또한 달라지지 않을까 한다.

오, 이 '작은자' 예수여!

그렇다면 물질의 은총이 필요 없다는 말이냐고 하지 말기 바란다. 물질 없이 우리 인간은 살아갈 수가 없다. 우리는 물질을 위해서도 기도드려야 한다. 기도드리되 정직하게 물질의 은총을 내려 주시라고 드리면 된다. 수입이 늘면 십일조 또한 당연히 는다.

이런 기도는 드릴 수 있지 않을까 한다. 백만 원 수입이 있는 사람이 이백만 원 수입을 주시면 십에 이조를 드리겠다는 기도 말이다. 백만 원의 수입으로는 근근이 생활할 수밖에 없어 십일조밖에 못 드리고 있는데, 이백만 원의 수입이라면 지금보다는 여유가 있을 테니 십에 이조를 드리겠습니다 하는 기도라면 하나님께서도 기뻐 받으시리라고 생각한다. 십이조는 하나님의 방법으로 계산하더라도 십일조보다는 많은 액수임이 분명하니까 말이다. 십이조가 아니더라도 지금보다 더 많은 물질을 주시면 불우한 이웃과 사랑으로 나누겠다고 기도드린다면 하나님께서는 어떠한 표정을 지으실까.

만 원짜리 몇 장을 십일조로 드리고 있다고 조금도 위축되지 말일이다. 천 원짜리 한 장을, 아니 동전 몇 닢을 주일 헌금으로 드린다고 부끄러워하지 말일이다. 부자의 몇 만원의 주일 헌금보다 그대의 동전 몇 닢이 큰 헌금인지도 모른다.

물질의 은총을 내려 주시라고 기도드리자. 십일조를 많이 하게 해 주시라는 우회적인 기도가 아니라 직설적으로 기도드리자. 십일조 운운하는 기도는 자칫 하나님을 탐욕스러운 분으로 만들 소지가 없지 않고, 또한 이런 기도에는 하나님께 술수를 쓰는 마음이 전혀 없다고는 할 수 없을 것이다

나는 정말 십일조를
칼같이 해왔다

🏠 나는 십일조 생활을 칼같이 해왔다. 이렇게 말하는 나를 보고 신앙이 좋다고 하는 사람도 있을지 모르겠다. 하기는 나 자신도 십일조를 칼같이 엄격하게 하는 것이 좋은 신앙이라 생각하고 그렇게 해왔다. 그런데 그것이 율법적이라는 것을 알게 되고 나서는 생각이 좀 바뀌었다. 하지만 지금까지 이 칼 같은 방법의 십일조 생활을 좀처럼 깨뜨릴 수가 없다. 십일조라는 것이 의식의 깊숙이에 뿌리를 박은 탓이다.

이렇게 말을 한다고 해서 십일조 자체가 율법적이라는 것은 아니다. 칼 같다고 하는 그 방법에 문제가 있는 것이다. 예를 들어, 156만 4천 원의 수입이 있으면 15만 6천 4백 원의 십일조를 해야 하는데, 백 원짜리 동전을 하기가 그러니 15만 7천원을 하게 된다. 큰맘 먹고 16만 원을 하기도 한다.

우리 주 예수님께서는 서기관들과 바리새인들을 향하여 '너희가 박하와 회향과 근채의 십일조는 드렸으되 율법의 더 중한 바 의義와 인仁과 신信을 버렸'다고 책망하셨다(마23:23). 그들이 외식外飾을 했다는 것이다.

그런데 나와 같은 방법으로 십일조를 하다가는 자칫 그렇게 외식적인 것으로 빠지기 쉽다. 예수님께서 서기관들과 바리새인들을 책망을 하시고 이어서 하신 말씀은 '그러나 이것도 행하고 저것도 버리지 말아야 한다는 것이었다. 십일조도 해야 되지만 의와 인과 신이 더 중하다는 것이다.

156만 4천원의 수입에 15만원의 십일조를 드려서는 큰일이라도 나는 것처럼 생각하는 데에 문제가 있다. 그보다 더 큰 문제는 본래의 뜻을 망각한 채 십일조를 해놓고 나는 드려야 할 것을 어느 정도는 다 드렸다고 생각하기 쉽다는 데에 있다. 우리는 나의 모든 것을 다 드려도 오히려 부족한데 말이다.

십일조는 하나님께서 마련하신 것이다. 그러니 인간들이 폐해서는 안 된다. 네 부모를 공경하라. 살인하지 마라. 간음하지 마라. 도적질도 말고, 이웃에 대하여 거짓 증거도 말며, 이웃의 것을 탐내지도 말라. 십계명 속의 이런 것들이 오늘날에도 여전히 지켜져야 하듯 십일조도 폐해서는 안 된다. 다만 외식으로 흐르는 것을 경계해야 한다.

십일조를 해라 했으니 소득의 10분의 1은 어떠한 일이 있어도 칼로 자른 것처럼 잘라 드린다는 생각이 안 된다는 것이다. 모든 것의 전체라도 드려야 한다는 생각으로 산다면 하나님께 드리는 물질은 소득의 10분의 1을 항상 상회하리라고 생각한다. 그렇게 드리는 것이 진정한 의미의 십일조가 되지 않을까 한다. 나는 이 10분의 1을 하나님께 드려야 할 최저선이라 생각하려 하고 있다.

그런데 그보다도 더 소중한 것은 물질이고 시간이고 무엇이고 간에 그것 때문에 고통당하고 있는 이웃과 자연스럽게 나누는 것이다. 이웃과 나누어 가며 훈훈한 인정이 넘치게 하는 삶, 이웃으로 하여금 살맛이 나게 하는 삶을 살아가는 것이야말로 십일조를 가장 십일조답게 만들어가는 것이 아닐까 한다.

십일조는 칼같이 하는데 이웃에게 인색한 나의 모습을 하나님께서는 어떠한 마음으로 바라보실까 한번쯤 생각해봐야 하지 않을까 한다.

물질의 축복을 받기
위해 하는 헌금

헌금이란 무엇인가? 그것은 두말할 것도 없이 하나님께 드리는 돈이다. 헌물은 하나님께 드리는 물질이고, 헌신은 하나님께 몸을 드리는 것이다.

그렇다면 헌금은 왜 하는가? 일전에 TV의 기독교 방송에서 설교를 들었다. 설교를 하시는 목사님께서는 자신이 헌금을 통 크게 많이 했더니 하나님께서 몇 배나 더 되는 물질로 갚아 주시더라며, 여러분도 물질의 축복을 받고 싶으면 헌금을 많이 하라는 내용으로 말씀을 하셨다. 나는 교회에 나가기 시작하고 난 뒤부터 지금까지 40여 년 동안 참으로 많이도 이런 설교를 들어왔다.

헌금을 힘에 겹도록 많이 하면 물질의 축복을 받는단다. 그러니 헌금을 하는 것이란다. 그런데 정말로 그런가. 아닌 것 같다. 헌금을 하여 물질의 축복을 받은 예는 얼마든지 있을 것이다. 그러나 헌금을 많이 하고도 물질의 축복을 받지 못한 사람도 수없이 많다는 것 또한 사실이다.

　이런 말을 하면 혹자는 그것은 헌금을 하나님의 뜻에 맞지 않게 했기 때문이라고 할 사람이 있을지 모르겠다. 그러나 아니다. 헌금을 하나님의 뜻에 따라 믿음으로 했는데도 물질의 축복을 받지 못한 사람은 얼마든지 있다. 하나님의 뜻에 맞지 않은 헌금은 오히려 물질의 축복을 받기 위하여 한 것이다. 헌금을 하면 물질의 축복을 받는다 해도 우리는 그것을 위하여 물질을 하나님께 드려서는 안 된다.

　신행정수도의 자리가 결정되자 그곳과 그 인근에 사는 사람들에게는 효자효부가 갑자기 많아졌었다고 한다. 그 전까지는 코빼기조차 보기 어렵던 자식들이 그 후로는 귀찮을 정도로 자주 부모님을 찾아뵙는가 하면 문안인사로 전화통에 불이 안 나는 것이 이상할 정도였다 한다.

　그런 사람들을 가리켜 효자라고는 아무도 하지 않을 것이다. 그들의 머리에는 고생으로 주름살이 깊이 파인 부모님의 얼굴이 아니라 앞으로 보상받을 돈으로 가득 차있다는 것을 그들의 부모라고 어찌 모르겠는가. 알지만 보상을 받으면 아마 한 몫을 단단히 떼어 주실 것이다. 그렇다고 누가 그런 부모님을 어리석다고 할 것인가. 부모란 본래 그런 것인데.

　이와 같이 효자인 척하고 한몫 단단히 챙기고는 자기는 효도를 한 것이라고 한다면 아마 지나가던 개가 다 웃을 것이다. 그런데, 그런데 말이다. 물질의 축복을 받기 위하여 헌금을 하는 사람들과 이와 같은 자식들이 얼마나 차이가 나는 것일까?

　이제 그런 설교는 그만 좀 듣고 싶다. 부자가 천국에 가는 것이 낙

타가 바늘구멍으로 들어가는 것보다 어렵다고 했는데, 왜 물질의 축복만 축복이고 자기 쓰기도 모자라는 물질을 나누어 이웃사랑을 실천하는 데 쓰는 것은 축복이 아니라는 말인가. 머리 둘 곳도 없으셨던 우리 주님과 그 제자들은 저주의 자식들이었다는 말인가.

나는 자식들을 위하여 드리는 기도가 있다. 성삼위 하나님과 그 나라를 최고의 가치로 하여 살게 해주시라는 것과, 건강하게 살고 어느 정도는 장수하도록 해주시라는 것과, 물질을 지속적으로 많이 공급해 주시되 그 가운데 많은 것을 하나님의 나라와 우리 주 여수님께 드림으로 자신들의 생활은 빠듯하게 하도록 해주시라는 것이 그것이다. 그러면서 기뻐하고 감사하며 행복을 누리며 살도록 해주시라고 기도드린다. 자식들뿐 아니라 우리 부부도 그렇게 살기를 바라며 기도드리고 있다. 어렵겠지만 포기하지 않고 그렇게 하려고 노력만은 해볼 생각이다.

차돌로 소금을
만드는 방법

예수님께서는 우리를 향하여 너희는 그리스도의 빛이요 향기요 소금이라 하셨다. 칠흑 같은 어두움을 밝히는 한 자루의 촛불과 오솔길에 한 송이 외롭게 핀 들국화에서 나는 부드럽고도 은은한 향기를 누군들 싫다 할 것이며, 자신을 녹여 다른 사람들에게 살맛이 나게 하는 소금과 같은 사람을 또 누구라고 싫다 하겠는가.

우리는 누구나 다 우리 주님께서 말씀하신 빛과 향기와 소금이 되고 싶어 한다. 그러나 자신의 몸은 조금도 녹이지 않고 빛만 내는 촛불이기를 원하는 우리가 아닌가 한다.

우리 기독교는 도덕과 윤리를 신앙의 중심에 두지 아니한다. 믿음 그 자체가 신앙의 중심이다. 그러나 믿음은 가지고 싶다고 가져지는 것이 아니다. 성령에 의해서 가져지는 것이다. 성령을 받으면 믿음도 생기고 성령이 충만하면 믿음 또한 튼실해진다.

세상에는 자기를 성령이 충만하고 믿음도 크다고 생각하는 사람이 많은 것 같다. 나쁘지 않은 일인지 모른다. 그러나 정말로 성령이 충만하고 믿음이 큰가는 검증해 볼 일이다. 성령을 충만히 받은 뒤 자신의 행위에 얼마나 변화가 왔느냐 하는 것을 보는 것이다. 도덕이나 윤리적으로 많이 좋아졌다면 정말로 성령이 충만하고 믿음도 많이 자랐다고 생각해도 좋을 것이다. 그러나 그대로이거나 오히려 더 나빠졌다면 그것은 성령 충만도 아니요 믿음이 큰 것도 아니다.

믿지 않고도 착한 사람은 얼마든지 있지만, 믿고도 행위가 바르지 못한 것은 문제이다. 행위가 따르지 않은 믿음은 죽은 것이기 때문이다.

착하지 않으면서도 착한 행위를 하려는 데에는 여러 가지 부작용이 생기기 쉽다. 사실 착하지 않은 사람의 착한 행위는 정말로 착한 것이 아니라 착한 척하는 것이 되기 쉽다. 그러니 행위에 앞서 자신을 착하게 만드는 것이 중요하다.

내가 어렸던 시절에는 암염이라고 불리는 소금을 흔히 볼 수 있었다. 흡사 차돌 같은 모양이다. 차돌은 아무리 암염과 비슷한 모양을 하고 있다 할지라도 짠맛을 내지 못한다. 차돌이 짠맛을 내기 위해서는 소금이 되지 않으면 안 된다. 그러나 아무리해도 차돌이 소금은 될 수 없다. 하지만 하나님께서는 차돌 같은 나까지도 변화시켜 소금 같은 내가 되게 하실 수 있다. 이것을 믿는 것이 믿음이다.

성령을 받아 변화된다면 돌 같은 내 마음도 솜처럼 부드러워질 것이다. 성령을 받으면 문제는 해결된다. 병 고치는 은사를 받고, 방언과 예언을 사모하여 하는 기도가 아니라 내 안에 그리스도 예수의 마음을 품기를 사모하며 내 영혼 깊숙한 곳으로부터 기도를 드린다면 성령을 충만히 받을 것이다. 새 사람이 될 것이다.

성령과 동거할 수
없는 것

우리는 예수 그리스도를 나의 구주로 영접할 때 이미 성령을 받았다. 예수를 믿는 사람들은 모두 성령을 받았다는 말이다. 그러나 예수를 믿는다고 해서 모두가 성령이 충만하다는 말은 아니다. 성령충만을 위해서는 나의 안에서 불신앙적인 것들, 즉 죄악된 것들을 몰아내어야 한다. 물론 성령이 충만하여 죄악된 것들이 나로부터 물러나는 경우도 적지 않다.

성령충만을 위해서는 기도해야 한다. 성경이 가르치고 있는 방법에 따라 기도해야 한다. 성경이 가르치는 방법이란 나의 마음을 비우는 것이다. 욕심도 미움도 음란한 생각도 모두 비우는 것이다. 우리는 정치인들이 마음을 비운다며 단식이라는 것을 하여 세상을 떠들썩하게 하는 것을 보아왔다. 그러나 그럴 때 그들은 마음을 비우고 있는 것이 아니라 더 큰 욕심을 배태하고 있었음을 우리는 안다.

마음을 비운다는 것은 이 세상에서의 삶까지도 버릴 수 있다는 것을 의미하는 것이다. 죽으면 죽으리라 했던 에스더의 결단과 같은 것이 마음을 비운 것이라는 말이다.

진정한 기도는 이처럼 마음을 비운 상태에서 이루어진다. 욕심스럽게 육신적인 것들을 구해 받았다고 좋아만 할 일이 아니다. 이런 기도도 귀하지만 수준은 몹시 낮은 것이다. 그 나라와 그 의를 구한다는 것이 무엇인가. 이 세상에서 잘 먹고 잘 사는 것이겠는가. 아니지 않는가. 설혹 가난하게 살더라도, 사회적 지위에 높이 오르지 못한다 하더라도 성경이 가르치는 대로 사는 것이 아니겠는가.

그렇다고 물질은 은총이 아니라는 말이 아니다. 물질도 우리가 흔히 말하는 축복일 수 있지만 부정하게 모은 그것은 하나님을 슬프게 한다는 사실을 우리는 알아야 한다.

우리는 기도 때 천사의 마음을 경험하기도 한다. 정말 욕심도 무엇도 죄악된 것들은 다 사라지고 사랑으로 충일해져 하나님만 보이는 것을 우리는 기도를 통해서 체험한다. 그러나 기도의 자리를 털고 일어나면 곧바로 나의 마음은 어느새 본래의 상태로 되돌아와 버리고 만다. 그리고 그것을 의식도 못하는 가운데 생활 속에 빠져들고 만다. 그 마음을 지키겠다는 결단이 없기 때문이다. 하나님의 사람으로서의 변화를 위해 기도했다면 이를 위해 죽으면 죽겠다는 결단 또한 필요하다. 결단을 무너뜨리는 약한 의지를 보강시켜 달라는 기도를 드리며 안간힘을 써야 한다.

단순한 기분의 고조를 성령충만으로 착각하는 수도 있으니 이것도 우리가 경계해야 할 일이다. 눈물 콧물을 흘리며 소리를 질러 새벽을 흔들어대고는 가슴이 후련해졌다며 성령이 충만했다고 말하는 사람도 있다. 가슴이 답답할 때 산에 올라 야호! 소리쳐 후련해진 것을 성령 충만이라 할 수는 없는 일이다.

가장 귀한 기도는 그 나라와 그 의를 구하는 것이고, 그런 기도는 믿음의 사람이 되기 위해 어떠한 손해라도 감수하겠다는 결단을 마음의 바닥에 깔고 하지 않으면 이루어지지 않는다. 죽으면 죽으리라는 각오로 기도하고, 그런 결단으로 생활할 때 우리는 그리스도를 닮아가게 된다. 그리고 그리스도의 마음을 품게 되면 우리는 가장 행복한 삶을 누리게 된다.

능력만 있고
사랑은 없는 예수님

🏠 노벨 문학상 수상 후보에도 몇 번인가 오른 바 있는 일본의 작가 엔도 슈사쿠의 소설 가운데 『사해의 주변』이라는 것이 있다. 여기에는 예수가 등장하는데, 사랑만 있고 무능한 한 인간으로 묘사되어 있다. 죽어가는 병자 옆에서 밤을 새워 정성껏 간호를 하나 그 이상은 아무것도 해 줄 수 없는 무능한 사람이다.

이 소설에는 나치 독일의 아우슈비츠 형무소도 등장한다. 형무소의 관계자들이 넓은 마당에 수감자들을 세워놓고 가스실로 보내질 사람들을 골라내고 있었다. 한번 들어가면 시체가 되어서만 나올 수 있는 곳이기에 마당의 사람들은 잔뜩 겁을 먹고 서있을 수밖에 없었다. 그 중에 쥐새끼라는 별명이 붙은 아주 못나고 교활한 사내도 끼어있었는데, 그가 지명되었다. 너무도 큰 충격에 그의 바짓가랑이에서는 오줌이 질질 흘러나오고 있었다. 그런데 그 옆에서 그와 똑같이 바짓가랑이로 오줌을 흘리고 있는 사람이 있었다. 예수였다.

이처럼 엔도가 『사해의 주변』에 등장시킨 예수는 사랑만 있고 아무것도 할 수 없는 무능한 사람이다.

나는 며칠 전 평소에 알고 지내는 분들과 함께 담소를 나누며 이 이야기를 했다. 신학대학 교수님이 한 분, 목사님이 한 분, 그리고 몇몇의 평신도들이 같이한 자리였다. 내 이야기를 듣던 목사님이 말씀하셨다.

"그런데 예수를 불완전하게 본 것은 엔도 뿐이 아닙니다. 우리 크리스천들 가운데도 나 같은 목사를 포함한 많은 사람들이 하나님의 사랑은 간과한 채 그분의 능력만 보고 구하는 일이 많습니다. 다시 말해서 사랑은 없고 능력만 있는 하나님으로 만들어버린 것이지요. 기도를 해도 물질이나 명예를 달라, 자식이 공부 잘하여 일류대학에 가게 해 달라, 건강하게 해달라는 등의 것이 대부분이고 예수님처럼 사랑의 삶을 살게 해 달라는 기도는 좀처럼 찾아보기 힘이 듭니다. 돈이 있거나, 명예가 있거나, 자식이 출세를 하거나, 건강한 사람을 보면 하나님의 축복을 받았다고 부러워하지만, 예수님의 가르침에 따라 사랑을 실천하려고 고생하는 사람을 보면 하나님의 축복의 범주에서 벗어난 사람 취급을 하는 경우가 많습니다."

이 말에 나는 정말 그러하다고 공감하며 어쩌다 우리의 현실이 이렇게까지 되고 말았는지 하는 생각에 우울했다. 하나님이신 예수님은 사랑만 있는 것도 아니고 능력만 있는 것도 아니다. 사랑과 능력을 다 같이 지니신 하나님이시다.

붕어빵에는
붕어가 없다

⌂ 나는 하나님의 뜻이라는 말을 좀처럼 입 밖으로 내지 못한다.

기독교는 하나님의 뜻에 따르는 종교이다. 하나님의 뜻을 저버리면 기독교가 아니라는 말도 된다. 그러니 기독교인으로서 하나님의 뜻이라는 말을 하는 것은 당연하다 할 것이다.

그래서인지 우리 믿는 사람들에게 이 말만큼 많이 쓰이는 말도 흔치 않다. 여기에도 하나님의 뜻이요 저기에도 하나님의 뜻이다. 이 사람도 하나님의 뜻이요 저 사람도 하나님의 뜻이다. 이 하나님의 뜻이라는 말로 홍수가 났다고 한다면 과장된 표현이 될지 모르지만 하여튼 그런 느낌이다.

그런데도 나는 이 말 쓰기가 쉽지 않다. 왜인가. 하기야 나도 얼마 전까지는 이 말을 참 많이도 썼다. 걸핏하면 하나님의 뜻이었다. 너무도 많이 쓰다 보니 하나님의 뜻이 무엇인지도 모르고 쓰는 일이 비일비재했다. 그러면서 그런 줄도 모르고 하나님의 뜻 하나님 뜻 해댔다. 이러한 나 자신을 발견했을 때 나는 많이 놀랐다. 그래서 나는 이 말 하기가 쉽지 않은 것이다.

전통과 관습, 그리고 고정관념, 이런 것들을 아무런 의심도 없이 하나님의 뜻이라고 착각하고 살아왔던 그 숱한 세월을 생각하면 부끄럽고 우울하다. 사실 우리 주님께서 서기관과 바리새인을 책망하신 것도 그들이 전통과 관습과 고정관념에 묻혀 하나님의 뜻을 보지 못했기 때문이었다. 나도 저들처럼 예수님께 책망을 듣지 않으려면 하나님의 뜻이 무엇인가를 분별해야 한다.

그렇다면 어떻게 하나님의 뜻을 분별할 수 있는가. 방법이야 누구나가 다 알고 있다. 그렇다. 성경을 읽는 것이다. 성경은 하나님의 뜻을 써 놓은 책이니 읽으면 알 수 있다. 그러나 읽기만 한다고 다 해결되는 것은 아닌 것 같다. 같은 구절을 읽는데도 이 사람은 이렇게 이해하고 저 사람은 저렇게 생각한다. 그렇다면 어떻게 읽어야 하는가. 아전인수식으로 읽어서는 안 된다. 하나님께서 성경을 통하여 나에게, 우리 인류에게 주시고자 하는 메시지가 무엇인가를 깨닫기 위해 읽어야 한다.

아전인수를 다른 말로 표현하면 욕심이 될 것이다. 욕심을 가지고서는 성경의 본뜻을 알 수가 없다. 하나님의 뜻을 알 수 없다는 말이다. 욕심을 가지고 성경을 읽었다가는 나의 뜻을 하나님의 뜻으로 착각하게 된다. '나의 품은 뜻 주의 뜻 같이 되게 하여 줍소서' 입으로는 이렇게 찬송하면서 본심으로는 '주의 품은 뜻 나의 뜻 같이 되게 하여 줍소서' 하게 된다.

다시 말해서 전통과 관습과 고정관념을 깨고 하나님의 뜻을 깨달아 따르기 위해서는 욕심부터 버려야 한다는 것이다.

오, 이 '작은자' 예수여!

하나님과의 독대

오, 이 '작은자' 예수여!

기도

비교적 큰 사찰의 경내에 들어가려면 대개는 일주문一柱門이라는 것을 통과하게 된다. 일주一柱라면 기둥이 하나라는 뜻으로 이해하기 쉽지만, 여기에서는 그런 것이 아니다. 기둥을 한 줄로 세우고 그 위에 지붕을 얹었다는 데에서 유래된 이름이다. 두 개의 기둥으로 된 것이 보통이지만 그 이상의 것도 없지는 않다.

기독교의 기도에 대해 말하면서 뜬금없이 무슨 사찰이며 일주문이냐 하지 말기 바란다. 타종교라는 것이 마음에 걸리거든 그냥 문화재나 건축양식의 하나로 생각해주기 바란다. 기독교에서의 말씀(성경)과 기도는 신앙을 받치는 두 개의 큰 기둥과도 같아서 일주문이라는 것이 머리에 떠오른 것일 뿐이다.

말씀과 기도는 그 정도로 중요한 것이기에 크리스천이라면 누구나 성경 읽어라, 기도하라는 말을 귀에 딱지가 앉을 만큼 들었을 것이다.

그러나 이에 대한 바른 방법의 제시나 본질에 관한 말을 나는 들어본 적이 별로 없는 것 같다. (그런데 성경에 대해서는 다른 글에서 구체적으로 언급한 적이 있으므로 여기에서는 기도에 대한 것만 말하려 한다.)

그렇다면 기도란 무엇인가? 흔히들 기도는 하나님과의 대화요, 하나님을 만나 뵐 수 있는 통로라고 한다. 그리고 무엇보다도 기도는 하나님을 향하여 필요한 것을 주시라고 구하는 것임에 틀림없을 것이다.

그렇다면 또 나의 기도는 어떠한가. 기도를 통하여 정말로 하나님과 대화를 하고 그분을 만나 뵙고 있는가. 구하는 것은 또 어떠한 것인가. 대화하고 만나 뵙는 일은 뒷전으로 밀쳐놓고 무조건 주시라고 떼만 쓰고 있는 것은 아닌지 모르겠다. 그것도 육신에 필요한 것만 주시라고 하나님의 목이라도 조를 것처럼 강압적인 태도로 강요하고 있는 것은 아닌지 모르겠다.

이렇게 말하면 성경에는 밤중에 떡을 빌리러 찾아온 벗에게 '비록 벗됨을 인하여서는 일어나 주지 않을지라도 그 강청함을 인하여 일어나 그 소용대로 주리라' 하였는데 무슨 소리냐고 누가복음 11장을 들어 말할 사람이 있을지 모른다. 누가복음 11장은 예수께서 기도를 가르치신 사실을 기록한 것이다. 거기에서 예수께서는 '너희는 기도할 때 이렇게 하라'시며 기도의 본으로서 주기도를 가르치셨다. 그리고 밤중에 떡을 빌리러 온 벗 이야기를 하시고 나서 구하라 그리하면 주실 것이라는 그 유명한 말씀을 하셨다. 그런 뒤 구하는 자에게 좋은 것을 주실 거라시며, 그 좋은 것으로 제시하신 것이 '성령'이다. 그러니까 벗이 빌리고자 한 것은 실은 실제의 떡이라기보다 성령처럼 좋은 것(분), 즉 영적인 것을 비유적으로 하신 말씀이었다.

예수께서 주기도 등의 기도를 가르치신 사실은 마태복음 6장에도 기록되어 있다. 예수께서 기도를 가르치시고 결론적으로 <너희는 먼저 그의 나라와 그의 의를 구하라. 그리하면 이 모든 것을 너희에게 더하시리라>라고 기도의 우선순위에 대해서 말씀하신다. 여기에서의 '이 모든 것'이란 물론 '무엇을 먹을까, 무엇을 마실까 하는 육신에 소용되는 것들이다.

그렇다면 실제로 우리는 어떻게 기도해야 하는 것일까. 나는 큰소리로 기도를 하는 것이 어렵다. 큰소리로 기도하면 하나님께로 몰입이 되지 못한다. 그러니 하나님 아닌 허공을 향해 기도하는 꼴이 되고 마는 수가 허다하다. 뿐만 아니라 여럿이 모인 데에서 같이 하는 기도에서는 다른 사람의 기도 소리에 방해를 받는 일이 많다. 어느 목사님께 이를 말씀을 드렸더니 다른 사람들보다 더 큰소리로 기도하면 된다고 하신다. 그 목사님의 교회는 어느 조그마한 이층 건물의 이층에 있고, 그 건물 바로 옆에 가정집이 있는데 새벽기도 때문에 잠을 잘 수 없다고 항의가 빗발치듯한다. 그러나 목사님께서는 꿈쩍도 안 하신다. 하나님께 기도를 드리는데 믿지 않는 사람이 뭐라 한들 대수냐는 태도시다.

새벽마다 큰소리로 통곡이라도 하듯이 울며 기도하고는 하나님이 위로해주셔서 가슴이 후련하다고 좋아하는 어느 여집사님을 나는 안다. 큰소리로 하지 않으면 기도하는 것 같지도 않고 가슴이 답답하다는 것이다. 그런데 그분의 생활은 보는 사람들로 하여금 눈살을 찌푸리게 할뿐 아니라 비난도 많이 받는다.

하나님의 위로는 큰소리로 울며 하는 기도에만 있는 것이 아닐 터이다. 산위에 올라 야호! 야호! 목청껏 소리쳐도 가슴이 후련하지는 수가 있고, 큰소리로 실컷 울고 나면 가슴이 후련해지기도 한다. 조용 조용 기도드리고도 절망 가운데 희망을 얻고 슬픔 가운데에 위로를 받는 일은 얼마든지 있다. 좋은 기도는 무엇보다도 자신을 믿음의 인격, 믿음의 사람으로 변화시키게 된다. 그것이 가장 하나님께로 가까이 가는 길이기 때문이다. 기도의 주된 목적은 하나님의 사람으로의 변화에 두어야 한다는 말이다.

나는 새벽기도도 잘 못한다. 내가 생각해도 이상한 사람이다. 새벽에 일찍 일어났다가는 그날 하루 종일 병든 닭처럼 시들시들 맥을 못 춘다. 그래도 청년시절에는, 새벽기도는 믿는 사람의 필수조건이라는 교회 일반의 통념에 따라 억지로라도 하긴 했다. 대신 젊디젊은 것이 항상 비를 맞아 풀죽은 삼베옷처럼 축 처져 다녀야 했다.

이러한 나와 같은 사람은 교회로부터 믿음 없고 기도하지 않는 사람이라고 홀대받기 십상이다. 사실 나는 믿음이 작다는 말을 듣는다 해도 할 말이 없는 사람이다. 그러나 기도는 내 나름 대로이기는 하지만 안 하는 것이 아니다. 집에서 한다. 방문 걸어 잠그고 벽에 기대앉아 가장 편한 자세로 한다. 오래 하려면 자세가 중요하다. 물론 오래 한다고 좋은 기도는 아니지만, 마음속 깊은 곳으로 하나님을 영접하여, 아니면 내가 하나님 품속으로 들어가 그분의 음성을 듣고 나의 생각을 말씀드리려면 아무래도 시간이 길어질 수밖에 없다.

이때, 딱히 정해진 말이 없어도 좋다. 하나님을 향해 마음 문을 열어 놓고 기다리면 될 때도 많다. 기도는 감사로부터 시작하는 것이라고 배운 대로 하려 하여, 별로 감사하다는 느낌도 없는데 억지로 그렇게 할 필요도 없다. 그냥 마음을 비워내기만 하면 된다. 마음을 비운다는 것은 잡념을 없애고 하나님께로 나의 모든 것의 초점을 맞춘다는 말이고 욕심을 비워낸다는 뜻도 된다. 다시 말하면 하나님, 말씀하십시오, 제가 그대로 하겠습니다, 하는 순종의 결단을 마음의 바닥에 까는 일이기도 하다. 에스더가 자기의 민족을 위하여 죽으면 죽으리라고 했던 그런 결단을 말이다. 그리하면 정해진 말이 없어도 자연스럽게 무엇인가가 언어로 되어 하나님을 향해 가슴으로부터 나오게 된다.

나는 음치에 가깝지만 찬송도 하게 된다. 하려 해서가 아니라 저절로 나온다. 사람이 들으면 귀를 막고 싶을지 몰라도 하나님께서는 가장 아름다운 찬송으로 들으실 것이라는 것을 나는 의심치 않는다. 감사가 나오게 되고, 사랑도 고백하게 된다. 주시라 구하게 되기도 한다. 그러나 그 구하는 것은 나를, 나의 모든 것을 하나님께 드리게 해달라는 것이 된다. 그래서 감사하게 되고, 감사하니 또 찬송이 나오게 된다. 때로는 감격하여 눈물과 콧물로 얼굴이 엉망이 되기도 한다.

물론 기도가 다 이와 같을 수는 없다. 때로는 절박하게, 건강에 대해서이든 물질에 대해서이든 무엇에 대해서이든 구해야 할 때가 있다. 그럴 때는 그렇게 하면 된다. 감사고 뭐고 다 집어치우고 절박한 마음을 그대로 하나님께 아뢰며 구하면 된다.

아까 앞에서 흔히들 기도는 하나님과의 대화요, 하나님을 만나 뵐 수 있는 통로라고 한다는 말을 했다. 그렇다. 기도라는 통로를 통해 하나님을 만나 뵙고 하나님과 대화를 하는 것은 분명히 최상급의 기도라고 할 수 있을 것이다. 그러니 문제가 되는 것은 일방적으로 자기의 할 말만 쏟아내 놓고 기도했다며 그 행위를 마치는 것이다. 대화란 말하고 듣는 것인데, 듣고 말하는 것인데, 하나님의 말씀에는 귀를 기울이려 하지 않는 것이다.

그렇다고 하나님의 음성에 귀를 기울이는 사람들 중에는 문제가 없냐 하면 그런 것도 아니다. 어떤 사람은 귀를 너무 심히 기울인 탓으로 하나님의 음성을 과도하게 들어 문제가 되기도 한다. 나도 하나님의 음성이라는 것을 자주 듣는 편이다. 그러나 그것을 다 하나님께서 말씀하신 것이라고는 생각하지 않는다. 가만히 생각해보면 내가 나에게 하고 싶은 말들, 내가 바라던 일들, 내가 평소에 한 생각들이 하나님의 음성으로 변조되어 마음으로 들려 온 것들이 대부분이다.

일본의 가톨릭 작가 엔도 슈사쿠遠藤周作의 소설 중에 <침묵沈默>이라는 것이 있다. 여기에는 주인공으로 로드리고라고 하는 서양인 신부가 등장한다. 이 신부는 일본의 기독교 박해시대에 포교를 위해 일본에 잠입했다가 관원들에게 잡히는데, 후미에踏繪를 밟으면 너뿐 아니라 잡혀 온 신도들을 모두 살려 주겠다는 말을 듣는다. 후미에란 기독교인을 가려내기 위해 동판에 예수의 상을 새긴 것으로 이것을 밟으면 기독교인이 아니고 밟지 않으면 기독교인으로 인정되어 처형되어야 했다. 로드리고 신부는 영광스러운 순교를 하고 싶었지만 많은 성도들을 생각하면 그렇게 할 수만도 없어 갈등한다. 그런데 그때 후미에 속의 예수가 '밟아라'라고 자신에게 한 말을 로드리고 신부는 듣는다. 그러나 이것은 실은 예수의 음성이 아니라 로드리고 자신의 것이었다.

나는 기도 중에 이와 같은 갖가지의 현상에 의한 말들을 하나님의 음성으로 듣는다 해도 상관없다고 생각한다. 그러나 이때 우리는 생각해야 할 것이 있다. 그것은 자신이 들은 음성이 성경에 맞느냐 아니냐를 분별해 보는 일이다. 어떠한 것이라도 성경에 합당치 않은 것이라면 허탄한 것, 아니면 마귀의 소리라고 여지없이 버려야 한다. 그리고 성경에 합당한 것이라면 하나님의 음성으로 여겨도 좋은 것이다.

기도드리는 데에 때와 장소가 따로 있을 리 없다. 정해진 방법이 있는 것도 아니다. 목소리를 크게 하고 작게 하는 것도 문제가 되지 못한다. 무엇보다도 중요한 것은, 나는 하나님의 것이고 하나님을 위해 지음을 받았다는 깊은 자기인식이 선행되어야 한다. 나의 가장 큰 행복은, 나의 가장 편안한 안락은 그분의 뜻을 분별하여 그대로 실행할 때 누리게 된다는 것도 인식해야 한다. 이것도 주십시오, 저것도 주십시오 하는, 주십시오 일색의 기도는 기도가 아니라 욕심쟁이의 탐욕스러운 욕심 채우기 행위일 뿐이다. 그러니 나의 기도가 남의 기도에 방해가 되어도 좋고 남에게 피해가 가도 상관없는 것이다. 우리는 기독교 신앙의 핵심인 사랑이 다른 사람에 대한 배려에서부터 시작된다는 것을 몰라서는 안 된다.

무슨 일이나 다 그렇지만 기도도 그 본질을 알고 해야 한다.

<너희는 먼저 그 나라와 그 의를 구하라. 그리하면 이 모든 것을 너희에게 더하시리라.>(마6;33)

좋은 기도

⛪ 신앙에 있어서 기도는 필수조건이라는 데에 이의를 제기할 사람은 없을 것이다. 그러기에 말씀은 신앙의 양식이요 기도는 그 호흡이라는 말이 생겼을 것이다.

그렇다면 기도란 무엇인가? 많은 사람들은 자기의 필요를 하나님께 구하는 것이라고 대답한다. 그러나 나는 구하는 것이라기보다는 드리는 것이라고 말하고 싶다. 구하는 것도 가장 가치 있는 것은 나를 하나님께 드리기 위한 것이라고 생각한다.

사람들은 구하기 전에 먼저 감사부터 드려야 한다고 말한다. 맞는 말이다. 그런데 감사보다 선행되어야 할 것이 있다. 순종이 그것이다. 바꿔 말하면, 하나님께서 원하신다면 목숨까지도 포함한 나의 모든 것을 하나님께 드리겠다는 각오를 마음의 밑바닥에 깔고 기도드려야 한다는 말이다. 그렇지 않고 나의 육신적인 필요를 채워주시라는 데에 초점이 맞춰진다면 하나님을 괴롭히는 기도가 되기 쉬울 것이다. 하나님께서는 우리가 육적으로 넉넉하게 되는 것보다 영적으로 풍요롭게 되기를 더 원하시기 때문이다.

나는 육적인 것을 구하여 받았는데 무슨 소리냐고 하실 분들도 있을 것이다. 그렇다. 우리는 살아가는 데에 필요한 육신적인 것을 간구하여 수도 없이 받았고 또 앞으로도 그럴 것이다. 그런데 구하여 받았다고 해서 모두가 하나님께서 기쁜 마음으로 주신 것은 아니라는 것을 우리는 알아야 한다. 아이가 떼를 쓰고 조르니 몸에 해롭지만 어쩔 수 없이 패스트푸드를 사주는 엄마를 생각해 보면 알 일이다.

기도에도 여러 가지가 있다. 새벽기도, 철야기도, 통성기도처럼 대개 여럿이 모여 드리는 기도가 있고, 혼자서 드리는 기도에도 큰소리로 부르짖으며 드리는 기도, 조용히 드리는 기도 등 여러 가지가 있다.

그렇다면 가장 좋은 기도는 어떠한 것일까? 이에 대해서는 누구도 단정적으로 말할 수 없을 것이다. 다만 자신을 신앙으로 튼튼히 세워주는 기도가 가장 좋은 기도라는 것만은 말할 수 있지 않을까 한다. 그럼 우리는 어떤 사람을 보고 신앙이 튼튼하다고 하는가? 나는 신앙의 인격으로 변화되어 가는 사람이라고 생각한다. 인격의 변화가 수반되지 않은 신앙은 진정한 것이 되지 못한다.

그렇다면 또 나를 신앙의 인격으로 변화를 시킬 수 있는 가장 효과적인 기도는 어떠한 것일까. 사람에 따라 다르겠지만 나는 기도의 골방 속에 깊숙이 들어가서 문을 걸어 잠그고 은밀한 중에 계시는 하나님과 만나는 것이라고 생각한다.

여기에서의 기도의 골방이란 물론 장소로서의 개념이 아니다. 장소는 자기의 방일 수도 있고 교회일수도, 직장일 수도 있다. 경우에 따라서는 북적거리는 시장 가운데나 소란스러운 차 안이 될 수도 있다. 깊은 기도 속으로 들어가 하나님을 만날 수 있는 곳이라면 어디라도 기도의 골방이 될 수 있다고 생각한다.

기도는 이렇게 드리는 것이라고 일률적인 방법을 고집해서는 안 될 것이다. 개개인에 따라서 또는 경우에 따라서 그 방법은 다를 수 있기 때문이다. 가장 순수한 마음으로 하나님께만 초점을 맞추어 육적인 것보다 영적인 것을 중심으로 간절하게 기도드리면 되는 것이다.

한번 데워진
물이라고 식지 않으랴

기도라고 해도 다 같은 것은 아니다. 단 한 번에 끝날 수 있는 기도도 있고 평생을 드려야 할 기도도 있다. 문제해결을 위한 기도라면 그 문제가 해결됨으로써 자연스럽게 끝나게 될 것이다. 그에 대한 감사는 한동안 지속될 수 있겠지만 이미 해결된 문제를 놓고 기도드릴 사람은 없을 것이다. 그러나 자신의 신앙이나 신앙적 인격으로의 변화를 놓고 드리는 기도라면 하늘나라에 가는 그날까지 쉬는 일이 있어서는 안 될 것이다.

믿는 자들의 최대의 관심사는 하나님께서 나에게 가장 바라시는 것이 무엇일까 하는 것일 게다. 나는 그것이 나 자신을 하나님께서 기뻐받으시는 산제사의 제물로 드리는 것이라고 생각한다. 다시 말해서 나의 삶 전체를 통해 드리는 예배를 하나님께서 가장 기뻐하시리라고 생각한다. 그러기 위해서는 당연히 우리는 믿음의 인격으로 변화되어야 한다. 나의 인격이 믿음으로 변화되면 될수록 나의 생활은 더 진한 예배가 될 수 있기 때문이다.

믿음의 인격으로의 변화가 없는 사람이라면 크리스천이라고 자처해서는 안 된다. 성경은 성령에 의하지 않고는 예수를 주라고 할 수 없다고 하는데, 그런 사람을 크리스천이라 할 수는 없는 일이다. 예수를 믿는 사람은 누구나 성령을 받았다는 말이 되고, 성령을 받은 사람이라면 그 정도야 어찌되었건 믿음의 인격으로 변화가 되는 것이다.

성령을 받으면 기사와 이적을 행하게 되기도 하고 각종 은사 또한 받게 되기도 한다. 사람들은 이에 놀라고 자기도 그리되기를 원하며 기도하기도 한다. 그러나 이런 것들이 성령님의 주된 사역은 아니다. 성령님의 주된 사역은 사람들을 믿게 하고 믿는 사람들을 믿음의 인격으로 변화시키는 것이다.

그렇다면 믿음의 인격이란 무엇일까. 성삼위 하나님으로 내 안을 채운 상태가 아닌가 한다. 그리된다면 나는 어떻게 되는가. 나에게서는 그리스도의 빛과 향기가 나게 될 것이다. 그리고 나는 소금이 되어 사람들로 하여금 살맛이 나게 할 것이다. 내가 그리된다면 얼마나 가슴 벅찬 행복이겠는가.

이를 위해서는 기도하는 수밖에 없다. 평생을 두고 기도하는 수밖에 없다. 기도는 물솥에 가열을 하는 것과도 같은 것이기 때문이다. 아무리 좋은 솥이라 할지라도 데워 놓은 물은 식을 수밖에 없다. 더운 상태를 계속해서 유지하려면 물이 식기 전에 다시 가열을 해야 한다. 나의 신앙의 인격 역시 이와 같아서 기도의 골방 속에 깊이 들어가 하나님을 만나면 상당한 변화를 이루지만 이 또한 시간이 흐름에 따라 소멸해간다. 그러니 그러기 전에 다시 기도해야 하는 것이다.

물론 자주하는 기도만을 좋은 기도라 할 수 없고 오랜 시간 하는 기도만을 좋은 기도라 할 수도 없을 것이다. 그러나 역시 아무리 깊이 있는 기도라 할지라도 그 효과는 그리 오래 가지 않는다고 하는 것을 우리는 알아야 한다. 그리고 짧은 시간에도 깊이 있는 기도를 드릴 수 있지만 하나님과 인격적으로 만나기 위해서는, 인격적으로 만나 많은 대화를 나누고 깊이 이해하기 위해서는 긴 시간을 요하게 된다.

기도는 믿는 자들이 하나님께로 나아가는 단 하나의 문이라는 것을, 그리고 성경은 그렇게 하는 방법을 가르쳐주고 있다는 것을 우리는 알아야 한다.

기도의 바른 자세

나는, 의자와는 아무래도 친숙해지지 않는다. 아니 나는 의자를 제대로 사용할 줄을 모른다고 해야 바른 표현이 될 것이다. 의자는 걸터앉는 것이라는 삼척동자도 다 아는 일을 나라고 모를 리 없지만, 그렇게 앉으면 금시 다리에 피로를 느낀다. 그러니 의자에서 책상다리를 하고 앉는 우스꽝스러운 모습을 나는 보이고 있다. 그러다 보니 식당 같은 데에 가더라도 의자가 아닌 바닥에 앉을 수 있는 방을 선호할 수밖에 없다.

그렇다면 무릎이라도 오래 꿇을 수 있으면 좋으련만 그것도 안 된다. 그러다 보니 기도를 하더라도 시작 때만 무릎을 꿇고 그 다음에는 가장 편한 자세로 바꿔 가며 기도를 드린다. 조신하지 못한 자세인 줄 알지만, 그렇게라도 드리지 않는 것보다는 비교도 되지 않을 만큼 낫다는 생각으로 기도를 드린다.

사실 누구라도 다 아는 것이지만, 기도드리는 데 있어서는 몸의 자세보다 마음의 자세가 더 중요하다. 그렇다면 기도의 가장 바람직한 마음의 자세는 어떤 것일까? 나는 순종을 각오하는 것이라고 생각한다. 하나님께서 하라 하시는 대로 하고, 가라 하시는 대로 가겠습니다, 하는 각오 말이다. 그러나 그런 각오에는 죽음까지도 포함되어 있기에 그리 쉬운 일이 아니다.

기도는 구하는 것이라기보다 드리는 것이다. 나를 통째로 하나님께 드리는 것이 기도라는 말이다. 그러므로 기도는 예버의 구하고 귀한 한 형태이기도 하다. 구한다 하더라도 나를 온전히 하나님께 드리게 해 주시라고 하는 간구가 선행되어야 한다. 그 다음에 육적인 것들을 구할 수 있을 것이다.

죽어도 주를 위해 죽고, 살아도 주를 위해 살게 해 주시라고 기도드릴 수 있는 사람은 행복한 사람이요 믿음이 좋은 사람이다. 다행히 오늘을 사는 우리에게는 주를 위해 죽을 일은 별로 없는 것 같다. 우리는 주를 위해 사는 것으로 족한 것이다. 그러나 주를 위해 사는 것이 주를 위해 죽는 것보다 더 어렵다는 데에 우리의 심각한 고민이 있는 것은 아닐까 한다.

주를 위해 살 수 있는 방법은 단 하나, 주를 위해 죽는다는 각오로 사는 것뿐이다. 그러므로 기도 또한 죽음까지도 포함된 순종을 각오하고 드리며 하나님의 음성에 귀를 기울여야 한다. '하나님, 말씀하여 주옵소서. 제가 그대로 하겠나이다.'

나쁜 기도도 있나?

☖ 기도는 얼마나 간절히 드리느냐 보다도, 무슨 내용의 기도를 드리느냐 보다도 드린 뒤의 삶이 어떻게 변화되느냐에 따라 성패가 결정된다고 하는 사람도 있다. 전면적으로는 아닐지라도 나 또한 많은 부분 이에 동의한다.

나는 얼마나 간절히 기도드리느냐 보다는 얼마나 몰입하여 드리느냐에 더 큰 비중을 두어야 한다고 생각한다. 간절히 드리는 것이나 몰입하여 드리는 것을 같은 것으로 볼 수도 있겠으나, 간절하다는 것은 나라고 하는 존재가 개입되어 있는 상태이고 몰입한다는 것은 초점이 하나님께로만 맞춰진 상태라는 의미에서 한 말이다. 다시 말해서 기도의 깊은 골방에 들어가 드린다는 것이다.

어떠한 내용의 기도를 드리느냐는 대단히 중요하다. 이것은 기도의 근간이 되는 것이니 중요하지 않다면 말이 안 된다. 내가 생각하는 기도에는 감사와 기쁨과 찬송과 말씀에 대한 상고와 헌신에 대한 다짐과 간구 같은 것이 있다. 간구는 믿음으로 변화되게 해주시라는 것과, 하나님께로부터 받은 사명을 성공적으로 수행하게 해 주시라는 것과, 중보기도, 그리고 육신에 필요한 것들을 구하는 순으로 하면 어떨까 하고 나는 그렇게 하려 노력하고 있다.

그러나 항상 중보기도보다 내 자신의 육신적 필요에 따른 간구를 먼저 하고 만다. 욕심이 많은 탓이다.

그런데 간구하여 이루어주신 것은 다 좋은 기도라고 생각하지 말 일이다. 하나님께서 마음에 그다지 들지 않은데도 당신의 자녀가 졸라대니 어쩔 수 없이 주시는 경우도 있을 것이니 말이다. 마음에 들지 않지만 우리도 어린 자녀가 떼를 쓰니 할 수 없이 해주는 것처럼 말이다.

우리는 하나님의 자녀가 되었다. 우리가 새 생명으로 거듭났다는 말도 된다. 거듭났다는 것은 우리의 행실을 말하는 것이 아니다. 하나님의 자녀가 되어 하늘나라에 갈 수 있는 자격을 획득했다는 말이다. 새 생명은 육의 생명 안에 공존하는 영원한 생명을 뜻한다. 우리는 행위로 이것을 얻은 것이 아니라 믿음으로 얻었다는 것을 모르지 않는다. 그러기에 은혜인 것이다.

극단적으로 말하면 한번 택함을 받아 예수를 나의 구주로 영접한 사람은 내가 이 사실을 부인하지 않는 한 하늘나라에 갈 수 있다. 나의 삶이 어떠하던 하나님의 아들로서의 신분은 잃지 않는다는 말이다. 예를 들어 국회의원이 정치윤리상 해서는 안 될 일을 하여 욕을 먹는 일이 비일비재하지만 그래도 금배지를 떼지 않은 한 국회의원임에 틀림없듯이, 우리는 삶의 바르고 그름과 상관없이 하나님의 자녀이다.

하나님과의 독대

욕을 먹는 정치인이 있듯이 하나님의 자녀 된 우리 가운데에도 하나님을 크게 근심시키는 사람이 있다는 말이다.

기도는 큰 소리로 드리든 묵언으로 드리든 상관없다. 기도의 장소도, 시간도 따질 것이 못된다. 어떻게 드리든 진하게 하나님을 만난다면 좋은 기도이다. 간구를 이루어 주셨다면 대체적으로 좋은 기도이다. 그러나 더 좋은 것은 나의 인격을 믿음의 것으로 변화시켜 주시는 기도이다. 당연한 말이지만 인격은 삶의 태도와 직결된다. 그런 의미에서 기도드린 뒤의 삶이 어떻게 변화되었느냐가 기도의 성패를 결정한다는 견해에 나도 동의한다.

오, 이 '작은자' 예수여!

기도의 우선순위

나는 기도드릴 때면 성령님께서 인도하여 주시는 가운데 드릴 수 있게 해 주시라는 간구로부터 시작한다. 그리고 때로는 이에 이어서 하나님의 뜻에 따라 기도를 드리게 해 주시라고 말씀드리기도 한다. 나의 필요에 따라서만 기도 드렸다가는 하나님의 뜻을 놓치기 쉬울 것이라는 생각 때문이다. 또 가끔은 이 기도 전체를 나의 바람이 아닌 성령님의 인도하심에 따라 드리게 해 달라며 마음을 비우기도 한다.

삶 속에서도 마음을 비울 수 있다면 얼마나 좋을까마는 욕심 많은 나로서는 극히 어려운 일이어서 기도 때만이라도 비울 수 있다는 것이 감사하기만 하다. 비운다 해도 진공상태가 되는 것을 말하는 것은 아니고, 하나님께로 향하도록 마음을 모은다. 마치 라디오의 주파수를 듣고자 하는 방송으로 맞추는 것과 비슷하다면 어느 정도는 정확한 표현이 될 것이다. 옛날의 라디오는 잡음 없이 방송을 들을 수 있도록 주파수를 맞추는 것이 그리 쉬운 일이 아니었다. 이 주파수를 맞춘다는 것을 기도에서는 하나님께로 정신을 집중시키는 것이라고 할 수 있을 것이다.

기도하러 방에 들어갈 때는 문을 잠근다. 훈련이 잘 되어있지 않은 나인지라 그래야만 기도에 몰입할 수 있다. 자리를 잡고 앉으면 마음을 비우고, 그 안이 성령님만의 영역이 되기를 바라며 기다린다. 그러면 나의 내면뿐 아니라 온 방 안이 하나님의 영역이 된 것 같은 느낌을 받기도 한다. 하나님과 나만의 독대가 이루어진 것이다. 그리되면 자연스럽게 감사가 흘러나온다. 무엇이 감사한지조차 모르는 채이기도 하고 감사한 것이 구체적으로 열거되기도 한다. 그러고 나서 나의 의식이, 나의 영혼이 성령님의 인도하심에 따라 기도드린다. 그 기도는, 때로는 찬송이 되기도 하고 다시 감사가 되기도 한다. 무엇인가를 보고 드리기도 하고 필요에 따라 구하기도 한다.

그럴 때면 하나님께서도 말씀하신다. '내가 너를 사랑한다' '너의 앞길을 내가 책임질 것이다' '네 간구를 이루어주겠노라' 등의 말씀이다. 이런 말씀을 들으면 용기가 더욱더 솟아오른다. 이 말씀들은 성경에 위배되지 않는 것들뿐이다. 그러나 나는 돌다리도 두들겨 가며 건넌다는 조심성을 가지고 하나님 말씀으로 듣고 있는 이 음성이 성경에 부합되는지를 생각한다. 하나님의 말씀으로 듣는 음성들에는 대개가 나 자신의 마음상태가 반영되어 있다는 것을 나는 알기 때문이다.

기도의 힘이란 참으로 위대한 것이다. 하나님의 보좌를 움직여 간구를 이루어 받을 수 있으니 말이다. 나도 40년 이상이나 기도드려 왔고 그 기도는 대부분 이루어 받았다. 사소한 것 가운데는 응답받지 못한 것도 많지만 나의 인생에 크게 영향을 끼칠만한 것이라면 100% 다 이루어 받았다.

그런데 아직 아주 조금밖에 이루어 받지 못한 것이 있다. 그것은 가장 중요한 것으로 신앙적 인격으로의 변화이다. 그리스도의 빛이 되고 향기가 되고 소금이 되어 생활 전체를 하나님께서 기뻐하시는 산제사로 드릴 수 있는 인격으로의 변화야말로 그분께서 우리 믿는 자들에게 가장 바라시는 것일 게다. 이것이야말로 우리 주님께서 우선적으로 구하라 하신 그의 나라와 그의 의가 아니겠는가.

하나님을 찾는
어리석은 자여!

어떤 사람들은 하나님을 만나려고 찾아 나선다. 차나 비행기나 배, 또는 도보로 찾아다니는 것이 아니라 두뇌의 활동을 통하여 찾아다닌다. 그러나 아무리 머리가 좋은 사람이라 할지라도 머리로 하나님을 찾을 수는 없다. 이런 사람들에게는 사단이 틈타기 쉽다. 그래서 이런 사람들은 하나님 아닌 것을 보고 하나님으로 착각하기도 한다. 또 어떤 사람들은 자기 멋대로 상상하여 어떠한 형태를 만들어 놓고 그것을 하나님이라고 하기도 한다.

그렇다면 어떻게 해야 진짜로 하나님을 만날 수 있는 것일까? 하나님을 향하여 만나 주십사 부탁드리면 된다. 하나님을 부르라는 말이다. 어디에 계신지 모르는데 어떻게 하나님을 향하여 부르냐고 하지 말기 바란다. 하나님께서는 안 계신 데가 없으니 진정으로 하나님을 영접할 마음을 먹는 것으로 충분히 하나님을 향하는 것이 된다. 그러고 나서 하나님을 부르는 것이다.

그러나 이 방법에도 사단은 틈 탈 수 있다. 그럼 어떻게 해야 하는가? 이 방법을 성경 읽는 것과 병행하여 쓰면 된다. 성경 속에 하나님이 들어 계시니 말이다. 그렇다면 성경 속에서 하나님을 찾으면 될 것이 아닌가? 그렇다. 성경 속에서 찾으면 된다. 그러나 문제는 찾기는 했으나 믿어지지 않는다는 데 있다. 믿어지면 그것으로 좋으나 그렇지 않으면 믿어지도록 성령님의 도움을 청해야 한다. 진정으로 하나님을 영접할 마음을 먹고 기도드려 부르는 것이다.

기도처럼 하나님을 가까이 느껴지게 하는 것은 없다. 그러나 그렇게 기도드리는 가운데 만난 하나님이라 할지라도 성경 속의 하나님의 모습과 다르다면 과감하게 물리쳐야 한다. 그것은 내가 상상으로 만들거나 아니면 하나님을 가장한 사단의 장난에 의한 것이기 때문이다.

기도 중에 만난 하나님이 성경 속의 하나님과 같다면 그 사람은 은총을 입은 사람이요 행복한 사람이다. 기도 뿐 아니라 생활 속에서도 성경 속의 하나님을 만나며 사는 사람이라면 행복의 극치를 이룬 사람이다.

＜근신하라 깨어라 너희 대적 마귀가 우는 사자 같이 두루 다니며 삼킬 자를 찾나니＞(벧전5:8)

주의 품은 뜻 나의 뜻
같이 되게 하여 줍소서

기독교 신앙에 만약 기도가 없었다면 우리 기독교는 어떻게 되었을까? 그리고 믿는 사람들은 또 어떠할까? 상상하기도 싫지만 기독교는 이 지구상에서 이미 사라져버리고 말았을 것이다. 하기야 기도가 없다면 그것은 이미 기독교가 아니지만. 기도가 없다면 믿는 사람들의 영혼은 헉헉 숨이 차다 못해 숨이 막혀 죽어버리고 말 것이다.

기도, 이는 우리에게 내리신 하나님의 은총 중의 은총이다. 사람의 힘으로는 어떻게도 할 수 없는 일이 얼마나 많은가. 불신자들은 이런 일을 만나게 되면 체념하거나 좌절하고 만다. 그러나 우리에게는 기도가 있으니 얼마나 큰 은총인가. 큰일 작은일 할 것 없이 우리는 하나님께 맡기며 기도드린다. 아무런 부담감도 느끼지 않고 미안하다는 생각도 없이 구한다.

누구에게고 내가 사람에게 이렇게 한다면 나는 철면피 중의 철면피가 되고 말 것이다. 아무리 속이 넓은 사람이라 할지라도 이러한 나에게 화를 내고 말 것이다. 그러나 천지를 지으시고 지금도 운행하시며 주관하고 계시는 하나님께서는 이러한 나를 칭찬해주시니 정말이지 은혜이다.

그러니 기독교에서 기도하라고 강조를 하는 것은 지극히 당연한 일이다. 그래서 기도는 아무리 강조해도 지나치지 않는다는 말도 하는 것일 게다.

그렇다면 기도를 통해서 무엇을 구해야 하고, 기도는 또 어떻게 해야 하는 것인가. 그야 물론 우리에게 필요한 모든 것을 구하면 되는 것이고, 간절하게 기도하면 되는 것이 아니겠는가. 정말 그렇다. 구할 것이 따로 있는 것이 아니고 간절히 기도한다는 데에 이견을 말할 사람은 없을 것이다.

그런데 기도할 때 우리가 조심하지 않으면 안 되는 것이 있다. 초점을 하나님께 맞추는 것이 아니라 나에게 맞추어 하기 쉽다는 것이다. 나의 뜻을 하나님께 맞추는 것이 아니라 하나님의 뜻을 나의 뜻에 맞추려 하기 쉽다는 말이다.

"나의 품은 뜻 주의 뜻 같이 되게 하여 줍소서"라는 219장 찬송의 가사를 바꾸어 장난으로 "주의 품은 뜻 나의 뜻 같이 되게 하여 줍소서" 하고 부르는 것을 들은 적이 있다. 그런데 우리는 자칫하다가는 장난이 아니라 실제로 이와 같은 기도를 하기 쉽다. 물론 입으로야 주님의 뜻이 나의 뜻 같이 되게 하여 주시라고 기도하는 사람은 없겠지만, 자기에게 초점을 맞추어 기도하다보면 이와 같은 결과를 낳기 쉽다는 말이다.

그리고 간절히 기도한다는 것도 말뿐이 되고 마는 수가 많다. 간절히 기도하기란 그리 쉬운 일이 아니다. 자기 자신의 전 존재를 부정하지 않고는 간절히 기도했다고 할 수 없다. 나무뿌리가 뽑히도록 안간힘을 써 하는 것을 간절한 기도라고 한다면 오산이다. 그것은 간절한 것임에는 틀림없지만 간절한 기도는 아니다. 그것은 기도가 아니라 욕심을 채우려고 쳐대는 몸부림에 지나지 않은 것이다.

초점을 하나님께 맞추지 않고 나에게 맞추거나, 나의 뜻을 하나님 뜻에 맞추지 않고 하나님의 뜻을 나의 뜻에 맞추려 하는 것은 모두 기도를 자기의 욕심을 채우는 수단으로 전락시키는 행위이다. 그리고 기도는 하는 것이 아니라 하나님께 드리는 것이고, 그러기 때문에 전능의 하나님께서 당신의 뜻에 맞추어 드리는 기도의 간구를 보증수표보다도 더 확실하게 이루어주시는 것이다.

소나무를 뽑는다고
간절한 기도가 되는가

기도의 외형적인 원칙 두 가지만 들라면 간절함과 지속적인 것을 말할 수 있을 것이다. 이 중에 특히 간절함은 아무리 강조해도 지나치지 않을 것이다. 그렇다면 어떻게 해야 간절한 기도가 되는 것일까.

산에 올라가 소나무를 붙잡고 그것이 뽑힐 정도로 기도드렸다는 의미의 말을 나는 몇 번인가 들은 적이 있다. 간절히 기도드렸다는 말이다. 그러나 나는 그와 같은 기도를 드려보지 못했다. 나도 며칠간씩 몇 번인가 산 기도를 한 적이 있었지만, 그런 기도는 드려보지 못했다.

내가 처음으로 드린 산 기도 때의 일이다. 한밤중의 깊은 산속······. 기분 나쁜 소리로 산짐승들은 여기저기에서 울고, 때가 늦가을이라서 울창한 숲의 나뭇잎에 맺힌 찬이슬이 목덜미로 떨어지고······, 그 낯선 환경에서 나는 사활을 건 기도를 드렸었다. 그 기드를 하나님께서

들어주시지 않는다면 죽음보다 더 무서운 형벌이 나를 덮칠 것이므로, 나는 목숨을 건 기도를 드리지 않을 수가 없었다.

그런데 그때 하나님께서는 나에게 지금의 기도를 마치라 명하셨다. 기도를 이루어주시겠다는 것이 아니라 그 형벌을 너는 면치 못할 것이라는 것이었다. 그때의 그 아픔, 차라리 나의 생명에 종지부를 찍어주시지 하는 생각이 앞섰다. 그러나 겁쟁이인 나는 그렇게 기도드리지 못했다. 그런 기도가 얼마나 큰 죄가 되는가를 알고 있었기 때문이다. 나는 순종할 수밖에 없었다. 순종이 제사보다 낫다 했으니 싫든 좋든 할 수 없는 일이었다.

나는 손전등의 불빛에 의지하며 산을 내려오는 수밖에 없었다. 그때 나는 참으로 이상한 현상을 체험했다. 마음이 진공상태처럼 된 것이다. 먼지 하나 없는 그런 마음이었다. 마음에 빛깔이 있다는 것은 이상하지만, 달빛처럼 푸르스름한 그런 색이었다. 그것이 시각적으로 느껴졌다. 눈에 보였다 해도 좋았다. 그런데 절망은 되지 않았다. 그렇다고 체념상태가 된 것도 아니었다. 다만 하나님께서 기도를 들어주시지 하는 약간의 서운한 마음만이 있었을 뿐이었다.

하나님께서는 아브라함에게 백 살에 얻은 외아들 이삭을 바치라했던 것처럼 나를 시험하신 것이라는 것을 안 것은 시간이 상당히 흐른 뒤였다. 나는 하나님의 말씀에 순종했다는 사실이 기뻤다. 그리고 나는 지금까지 이렇게 건재하다.

나는, 그때의 그 기도가 간절하지 못했다고는 생각하지 않는다. 그러나 나무는 뽑히지 않았다. 하기야 산 기도를 가기 전에 드린 같은 제목의 기도는 발광에 가까웠다. 너무너무 아파서 몸부림을 치며 기도드렸다. 그런데 나는 그 기도가 간절한 것이었다고는 할 수가 없다. 아픔에 못 이겨 치는 몸부림이었던 것이다.

나는 몇 년 전부터 묵언의 기도를 드리게 되었다. 요즘은 소리를 내어 드리는 기도보다 입술도 딸싹거리지 않는 마음 간으로의 기도가 부쩍 더 늘었다. 의도적으로 소리를 내어 기도를 드리다가도 그 기도가 깊어지면 자신도 모르게 묵언으로 변한다. 그리고 그 기도의 골방에서 하나님을 만난다.

사람들은 간절한 기도의 표본으로 예수님께서 하신 겟세마네의 기도를 든다. 그러나 소나무를 뽑았다든지, 몸부림을 쳤다든지 하셨다는 표현은 성경 어디에도 없다. 큰소리로 기도드렸다고도 하고 있지 않다. '무릎을 꿇고' '땅에 엎드리어'(눅22:41)<마26:39 기도하셨다고 했는데, 얼굴을 땅에 대시고 엎드려 기도하셨다는 표현이다. "아버지여, 만일 아버지의 뜻이어든 이 잔을 내게서 옮기시옵소서. 그러나 내 원대로 마옵시고 아버지의 원대로 되시기를 원하나이다".(눅22:42) 이것이 예수님의 겟세마네 기도이다. 마태복음과 마가복음에도 약간의 표현 차이만 있을 뿐 같은 내용의 기도를 하신 것으로 되어있다.

"만일 아버지의 뜻이어든 이 잔을 내게서 옮기시옵소서"가 이 기도의 중심인 것처럼 생각하는 사람들도 있는 것 같으나 아니다. 후반절의 "내 원대로 마옵시고 아버지의 원대로 되시기를 원하나이다"가 중심이다.

예수님께서는 아버지의 뜻이 무엇인가를 알고 계셨다. 그렇지만 예수님의 신성과 인성 중 후자가 십자가의 고통을 피할 수 있다면 피하고 싶다는 생각을 하시게 한 것이다. 예수님께서는 아버지의 뜻, 그러니까 십자가의 고난을 통한 인류의 구원을 이미 알고 계셨던 것이다. 그러기에 "땀이 땅에 떨어지는 피방울 같이 되"기까지 간절한 기도를 할 수가 있었던 것이다.

우리는 하나님께 억지를 부리는 것을 간절한 기도로 착각해서는 안 된다. 그리고 하나님의 원(뜻)은 뒷전으로 돌려놓고 내 원대로 해주시리라 기도하고 있지는 않은지 한번 자신을 돌아볼 일이다. 좀 해로운 것일지라도 어린아이가 떼를 쓰니 할 수 없이 들어주는 엄마의 마음을 통해서도 우리는 하나님의 마음을 헤아려 볼 수 있어야 할 것이다. 몸부림을 쳐 억지를 부림으로 하나님의 마음을 아프게 하면서까지 자기의 뜻을 관철시키려는 것은 바른 믿음의 자세는 아니다. 우리는 "먼저 그 나라와 그의 의를 구하"는 것이 기도의 중심이 되어야 한다는 것을 다시 한 번 마음에 새겨두어야 할 것이 아닌가 한다.

오, 이 '작은자' 예수여!

하나님의 음성을
듣는 사람

사람들은 흔히 기도를 통하여 하나님과 대화를 한다고 한다. 그리고 하나님께서는 기도를 통하여 사람들에게 말씀하신다고도 한다. 맞는 말이다. 나도 기도 때 그 대화라는 것을 하고 하나님의 말씀을 듣기도 한다. 그런데 나처럼 믿음이 제대로 되어있지 않은 사람의 경우는 그 대화라는 것이 하나님과 나의 것이라기 보다 나와 나의 것이 대부분이다. 하나님의 말씀이라는 것도 그렇다. 그것은 하나님의 말씀이라기보다 나의 말을 하나님의 말씀으로 착각하여 듣는 경우가 많다. 아니다. 정확히 말하자면 하나님께서 분명히 나에게 말씀하시지만 내가 내 방식대로 잘못 들은 것일 뿐이다.

사람들은 말을 통하여, 아니면 마음으로 하나님께 아뢴다. 그리고 하나님께서는 우리의 귀에다 말씀하시는 것이 아니라 거의가 마음에 말씀하신다. 그런데 이상한 것은 하나님께서 사람들에게 똑같이 하신 말씀을 사람들은 제각기 다르게 듣는다는 것이다. 그것은 다름이 아니다. 자신의 마음의 상태에 따라 하나님의 말씀을 듣게 되기 때문에 그리 되는 것이다. 그것은 마치 색안경을 쓰고 사물을 보는 것과 비슷하다. 파란 안경을 쓰고 사물을 보면 모두 파랗게 보이고 노란 안경을 쓰고 보면 노랗게 보이는 것과 같은 이치라는 말이다.

욕심을 버리지 못한 채 기도를 드리는 사람은 그 욕심의 분량만큼 하나님의 말씀을 변형시켜 듣게 되고, 분노라든가 미움을 품고 기도드리는 사람에게도 하나님의 말씀은 그만큼 변형되어 들리게 된다.

하나님의 말씀을 그대로 들을 수 있는 방법은 다른 데에 있지 않다. 나의 전 존재를 하나님께 맡겨버리는 것이다. 드려버리는 것이다. 욕심을 버리고 하나님께서 가라 하신 길로 가기 위해서는 어떠한 손해라도 감수하겠다고 결심하고 결단하여 그것이 체질화되면 하나님께서 말씀하신 그대로를 들을 수 있다. 그 길로 가기 위해서는 죽음까지도 불사하겠다는 마음으로 기도드린다면 하나님과 나의 대화가 정말로 이루어지는 것이다.

살기를 바라는가. 죽어라. 그러면 살 것이다. 내가 나이기를 원하는가. 그래도 죽어라. 그러면 정말로 나의 참모습으로 다시 태어나게 될 것이다. 자유를 원하는가. 하나님의 법으로 자신을 꽁꽁 묶어라. 그대는 하늘을 나는 자유를 누리게 될 것이다. 그러면서 하나님의 음성도 들을 것이다. 기뻐하고 감사하며 행복을 누리게 될 것이다.

붓끝이 감돌게 한 그리스도의 향기

오, 이 '작은자' 예수여!

목사도 프로?

1980년대 초, 일본에 처음 갔을 때 그곳의 농민들은 공부하고 연구하며 농사를 지어 많은 소득을 올리고 있었다. 그리하여 도시 사람들 못지않게 윤택한 생활을 하고 있는 것을 보고 몹시 부러웠다.

이제 우리 중에도 머리로 농사를 지어 수입을 올리고 있는 농민들이 늘고 있다. 그렇게 하지 않고는 살아남기가 힘들게 된 것이다. 더욱이 미국과의 IMF 타결로 농축산의 붕괴를 우려하는 목소리가 높고, 농민들은 실의에 빠져 있다. 그러나 이것이 우리의 농축산업을 발전시키는 계기가 될 수 있을 것이라는 긍정적인 견해도 설득력을 얻어 가고 있다. 옛날처럼 힘 좋고 부지런하기만 하면 농사를 잘 짓던 시대는 오래전에 이미 지나갔다. 한 가지 분명한 것은 공부하고 연구하며 땀 흘려 하는 일은 발전하지 않을 수 없다는 사실이다.

우리는 무엇이 되었건 자기가 하는 일에 프로다워야 한다. 프로는 아마추어와 다르다. 아마추어는 취미로 즐기며 하면 되지만 프로는 그래서는 안 된다. 생존이 걸린 일이라는 생각으로 온힘을 다 쏟아야 한다. 농민은 품질 좋은 농산물의 수확을 극대화해야 되고, 장사하는 사람은 무엇보다 많이 팔아야 한다. 좋은 상품을 비교적 싼 값으로 많이 팔아 결과적으로 이익을 많이 내는 것이 훌륭한 장사이다.

우리 부부는 좀 더 싸고 좋은 먹거리를 사러 가끔 농수산물 시장에 간다. 갈 때마다 값을 알아보려 돌아다니는 것도 싫고 좋은 물건을 찾아다니는 것도 싫어 단골을 정하려 하고 있으나 지금껏 그러질 못했다. 믿을 만하다 싶어 다음에 가면 속기 일쑤이다. 비싸게 사는가 하면 과일 맛이 가게 주인 말과는 딴판이다. 사려는 물건의 값이 좀 비싼 것 같다 하면 받아치듯 싼 집으로 가라며 핀잔을 주는 가게도 있다. 손님을 오게 하는 것이 아니라 오는 사람도 쫓는 것 같다.

농부가 되었건 상인이 되었건, 주부건 학생이건 회사원이건 교사건 모두가 자기 일에 최선을 다하는 것이 중요하다. 주부는 가사 일을 능률적으로 마쳐 놓고 짧을지라도 자기의 시간을 가지려는 노력이 필요하다. 그러는 가운데 가족들이 안락하게 지낼 수 있도록 하는 것이 무엇보다도 주부가 해야 할 일일 것이다. 그래서 주부의 일이 어려운 것이다.

학생은 자기의 청사진에 그려진 꿈을 이루어 가기 위해 죽지 않을 만큼 공부해야 되고, 회사원은 자기 업무를 가장 효율적으로 수행하기 위해 공부하고 연구해야 한다. 교사는 학생들에 대한 사랑을 가슴에 깔고 교수방법을 개발하여 땀을 흘려야 한다. 선생에게 사랑이 없다면 지식을 파는 장사꾼과 다름없기 때문이다.

나는 50대 후반에 신학대학원에 입학하여 60대 초반에 졸업했다.

오, 이 '작은자' 예수여!

늦었지만 믿음의 글을 써보기 위해서이다. 물론 글이 안다고 써지는 것은 아니지만 모르고서는 쓸 수 없기 때문이다. 좀 더 거창하게 말하면 문서선교를 위해 신학 공부를 시작했다.

다음 달에는 나의 목사안수를 위한 시취試取가 있다. 통과가 될지 어떨지 모르지만 목사가 되었으면 한다. 내가 바라는 문서선교에 도움이 되리라는 생각에서이다. 이렇게 말하면 목사라는 성직을 어떻게 생각하고 있는 거냐고 화를 내실 분도 계실지 모른다. 사실 문서선교라면 목사가 되어야만 하는 것도 아니지 않느냐고 하는 분도 계신다. 물론 그렇다. 목사가 아니라도 믿음의 글도 쓸 수 있고 문서선교도 할 수 있다. 그렇다면 목회는 어떠한가. 목사만 해야 되고 전도사는 할 수 없는가.

내가 쓰고자 하는 글은, 내가 하고자 하는 문서선교는 목사가 되는 것이 유리하다는 생각이다. 나는 우리 한국교회에, 한국교회의 목회자들에게 할 말이 많은 사람이기 때문이다. 내가 만약 목사가 된다면 그 프로가 되고 싶다.

나는 설교를 잘하신다는 목사님들 가운데 설교 선수를 느낀다. 그러나 설교를 잘한다는 것은, 그런 것이 있는지 모르지만, 설교 대회에 나가 일등을 하는 것과는 다를 것이다. 설교 준비는 일등을 하기 위해 하는 것이 아니다. 회중의 인격을 믿음의 것으로 변화시키기 위해 하지 않으면 안 된다. 설교를 통하여 복음이 선포되고, 그러면 그 복음은 회중의 마음속에 들어가 그에 합당한 것으로 인격을 변화시킨다. 인격을 변화시키지 못한 채 귀만 고급으로 만드는 설교는 설교가 아니다. 일시적으로 감정을 고조시켜 눈물샘을 자극하는 설교는 은혜로

붓끝이 감들게 한 그리스도의 향기

운 것이 아니라 오락이다.

　잘하는 설교라고 해서 불을 토하는 열변을 청산유수 같이 쏟아내어야만 되는 것은 아니다. 어눌할지라도 회중을 향한 뜨거운 사랑이 인격의 변화라는 목적으로 변해 가슴속 깊은 곳으로부터 짜내어지는 아픔으로 하는 것이 잘하는 설교이다. 회중을 향하기 전에 자신의 가슴을 향해 날카로운 송곳 끝으로 찌르는 아픔으로 하는 것이 아니면 잘하는 설교가 되지 못한다. 나도 전도사이니 설교할 기회가 적지 않은데, 처음에는 은혜로운 설교를 실수 없이 하게 해주시라고 기도드리며 준비했다. 그러나 지금은 실수를 할지라도, 설교를 잘하지 못한다는 말을 들을지라도 설교가 되는 설교를 하려 노력하고 있다.

　글을 쓰는 것도 마찬가지다. 나는 문학을 위한 글쓰기는 안할 생각이다. 가능할지 모르지만 믿음을 위한 글을 써 보고 싶다. 가슴속에서 숙성시키고 육화시켜 나의 것이 된 것들을 그대로 글이라는 그릇으로 담아내고 싶다. 때로는 영감으로 하나님의 음성을 듣고 그대로 그려낼 수 있으면 한다.

　'꾼'으로서의 목사, 꾼으로서의 글쟁이가 아닌 하나님의 사람으로서의 목사, 하나님의 의중을 읽어 글을 쓰는 사람이고 싶다. 성경 속에 들어가서 그 진수를 체득하여 실천하려 땀을 흘리고 싶다.

늙어가며
가지게 된 소망

지금 육십 대 중반인 나는 서른이 넘은 나이에 일본어를 배우기 시작했다. 외국어는 어려서부터 배우는 것이 효과적이라는 게 움직일 수 없는 사실이니 몹시도 힘이 들었다.

그러나 그렇게 배운 일본어가 발판이 되어 박사학위를 받았고 대학에서 가르치기도 하고 있으니 머리가 좋지 않고 할 수 있는 일이라고는 별로 없는 나로서는 감사하기만 할 따름이다. 주위 사람들은 내가 학위를 받았을 때 일본에서 일본문학으로 문학박사학위를 받은 최초의 한국인이라고 했다. 확인을 해보지 않았으니 사실이 그런지 어떤지 알 수는 없으나 그것만으로도 나로서는 영예라면 영예이다.

키로 말할 것 같으면 백칠십 센티에도 많이 못 미치니 요즘의 젊은 이들에 비하면 단신이라는 말을 면할 수 없지만 내 나이 또래 중에서는 그리 작다고만은 할 수 없고, 얼굴도 못생긴 것이 사실이지만 빈상이라는 말은 듣지 않고 있으니 다행이라는 생각에 감사하는 마음이다.

그런데 속을 들여다보면 속빈강정이라는 말이 제격이다. 아니, 속이 비기라도 했다면 그로 좋을지 모른다. 못된 성깔에 성미는 어찌 그리 급한지. 그런데다가 속이 좁기는 딱 밴댕이 소갈머리이다. 이를 모르지 않은 나인지라 고쳐보려 무던히도 애를 썼지만 지금까지 나아진 게 별로 없다. 성미가 급한 것이 조금 누그러진 것 같기는 하지만, 이도 나이 탓인 것 같다. 이러한 나이고 보니 착한 사람들을 보면 그렇게 부러울 수가 없다. 크리스천 된 자로서의 부끄러움도 크다.

크리스천들은 대개가 하나님의 큰일을 하기 바란다. 그러니 이를 위해 기도하며 노력한다. 하지만 나는 그 큰일이라는 것에 마음이 그다지 내키지 않는다. 큰일이 따로 있지 않다는 게 나의 생각이기 때문이다. 큰일이 따로 있는 게 아니라 작은 일이라도 바르게 하면 그것이 하나님 앞에서는 큰일이 된다는 생각이다.

믿음 또한 마찬가지여서 큰 믿음이 따로 있는 것이 아니라 순수하면 큰 믿음이라고 생각한다. 부정하게 번 돈으로 통 큰 헌금을 하는 것이 아니라 적지만 정직하게 번 돈으로 헌금을 하는 것이 큰 믿음이라는 것이다.

주일이면 나는 교회에 가는 일을 여간해서 거르지 않는다. 그리고 예배를 될 수 있는 대로 정성을 모아 드리려고 노력한다. 그러나 나의 마음은 항상 어느 한구석이 허전하다. '너희 몸을 하나님이 기뻐하시는 거룩한 산제사로 드리라. 이는 너희의 드릴 영적 예배니라'(로마서 12:1)라고 하는 성경말씀이 마음에 걸리기 때문이다.

산제사라고 해서 구약시대에 짐승을 잡아 희생의 제물로 드렸던 것처럼 하라는 말은 아닐 것이다. 살아 있는 채의 몸으로 제사를 드리라는 말일 것이다. 그리고 그렇게 하는 것이 영적 예배. 즉 진정한 예배가 된다는 말일 것이다. 그렇다고 조상에게 지내는 유교식 제사와 같은 것을 의미하는 것 또한 아닐 것이다. 삶, 그러니까 생활 자체가 예배가 되도록 하라는 말이다. 성경이 가르치는 방법에 따라 생활하는 것이 예배가 된다는 말인 것이다.

사람들은 종교를 가지기는 하되 거기에 미치지는 말라고 한다. 그러나 나는 기독교에 미치기를 바란다. 미친다는 말이 의미하는 것이 무엇인가. 그것에 열중한다는 말이 아닌가. 문제가 되는 것은 기독교가 아닌 것을 기독교로 잘못 알고 거기에 미치는 것이다. 가정주부가 가정 일은 등한히 하면서 교회에 가서 하나님의 일을 한다며 많은 시간을 보낸다면 이는 잘못된 신앙이다. 전도를 한다며 시도 때도 없이 남의 집 초인종을 눌러대는 것도 잘못된 신앙이다. 득적이 좋으면 방법은 어떠해도 좋다고 하는 사고는 반기독교적인 것이다.

그렇다고 해서 기독교가 도덕과 윤리만을 강조하는 종교라는 말이 아니다. 기독교는 사랑의 종교이고, 사랑은 도덕이라든가 윤리 같은 것을 더욱 높은 차원의 것으로 승화시킨다는 것일 뿐이다. 그러니 크리스천은 도덕과 윤리 면에서도 바르지 않으면 안 된다.

그러나 내가 원하는 것은 이와 같은 도덕이나 윤리적으로 무흠無欠함이 아니다. 특별히 착한 사람이 되기를 바라는 것도 아니다. 그냥 동네의 마음씨 좋은 아저씨, 마음씨 좋은 할아버지 같으면 원도 없겠다고 생각한다. 하지만 이치에 맞지 않고 합리적이 아니면 견딜 수 없는 성격이 나로 하여금 그럴 수 없게 한다. 뭐 묻은 개 겨 묻은 개 나무란다고 남이 얌체 같은 짓을 하는 것을 보면 이맛살부터 찡그려진다. 남의 잘못을 보고 이해하는 것이 아니라 보고도 아무렇지도 않게 지나칠 수 있는 넉넉한 마음이었으면 하는 것이 나의 바람이다.

여기에 또 하나의 바람이 있다. 나의 몸을 하나님이 기뻐하시는 거룩한 산제사로 드리려면 착한 삶만으로는 부족하다. 하나님께서는 모든 믿는 자들 각자에게 달란트를 주셨다(마 25:14-30). 어떤 사람에게는 이것으로 또 어떤 사람에게는 저것으로 주셨다. 사장시키지 말고 충분히 활용하라고 주신 것이다. 그러므로 자기의 능력이나 재능을 녹슬게 하는 것은 아까운 일이요 참다운 삶을 방해한다.

나는 정년퇴임 뒤 본격적으로 글을 써볼 생각이다. 글을 쓰는 재능이 어느 정도인지 검증을 받아 본 적이 없지만, 있는 힘을 다해 써볼 생각이다. 다행히 평소에는 자신의 재능이 미덥지 못해 불안하다가도 기도를 드리면 용기가 생긴다. 많고 많은 종류의 학문 중에서 하필이면 문학을 하게 된 것을 나는 우연이라고 생각하지 않는다. 문서선교의 사명을 감당하는 데 필요한 훈련을 하라고 하나님께서 시키신 것이라 생각한다.

좋은 글을 많이 쓸 수 있으면 좋겠지만 설령 그렇지 못할지라도 상관없다. 사도 바울은, '나는 심고 아볼로는 물을 주었으되 오직 하나님은 자라나게 하셨(고전 3:6)'다고 했다. 결과는 인간들의 몫이 아니다. 인간들은 하나님께서 하라는 대로 하는 것으로 할 일을 다 하는 것이다. 부족한 것을 채워 주시라 기도드리며 있는 힘을 다해 일하는 것으로 족한 것이다.

나는 마음씨 좋은 동네 할아버지로 늙어가며 글을 쓰고 싶다. 비록

오, 이 '작은자' 예수여!

언제까지나 내 모습 이대로인 채 변화되지 못한다 해도, 좋은 글을 못 쓴다 해도 기도드리며 하나님께서 오라 하시는 그날까지 땀을 흘리고 싶다. 이것이 나에게 있어 기독교에 미치는 결과가 되는 것이니까.

기독자의 성공한
길을 가기 위하여

      ⌂ '오리사랑'이라고 하는 오리 음식점의 간판을 처음 보았을 때 나는 가슴에 가벼운 통증이 스치는 것을 느꼈다. 그리고 그 통증은 나의 잠자고 있던 뉘우침의 기능을 자극하여 깨워 주었다. 나의 하나님과 이웃을 향한 사랑이라고 하는 것이 오리 음식을 맛있게 먹는 것을 오리 사랑이라고 하는 사람들의 그것과 닮았지 않은가 하는 생각이 들자 일시에 몸에서 기운이 다 빠져 나가는 것 같은 무력감이 엄습해 왔다.

    사실 나는 오래 전에 이미 나의 기도라는 것이 얼마나 기독교적이 아닌가 하는 것을 깨달았다. 이것도 주옵소서이고 저것도 주옵소서로, 나의 기도는 주옵소서 일색이었다. 나는 드리겠다는 기도를 별로 드리지 못했다. 그러면서도 나는, 하나님께서는 기도라면 다 기뻐하신다는 확신을 가진 채 그분을 사랑한다고 믿고 있었다. 나의 하나님을 향한 사랑은 마치 사람들의 오리 사랑과도 같은 것이었던 것이다. 이웃사랑도 그것을 실천하려 노력하지 않은 것은 아니나 인색한 마음이 그것을 최대한으로 제한하였고, 그러면서도 자기가 상당히 착한 사람이라도 된 것 같은 착각마저 하게 되었다.

이러한 것들을 깨달은 나는 정말로 하나님을 사랑하고 불우한 이웃과 적은 것이라도 따스한 마음으로 나누고자 했다. 그러나 이의 실천은 외형적인 것일 뿐 따뜻하고 포근한 마음의 사랑은 희미하기만 했다. 그런 주제에 이웃과 나누기에는 가진 것이 너무 적으니 좀 더 채워주시라고, 하나님의 일을 하기에는 재능이 너무 보잘것없으니 달란트를 은사로 주시라고 기도드리며 노력이라고 하고 있는 한심한 나이다. 가진 것이 적어 못 나누는 것이 아니고, 능력이 없어 하나님의 일을 못하는 것도 아닌데 말이다.

그런데도 뻔뻔스럽게 이러한 것이 나만은 아니라는 생각이 들 때도 있다. 여기를 봐도 저기를 봐도 나와 대동소이한 사람이 많다. 아니 나보다 더한 사람들도 있는 것 같다. 이십만 원의 십일조를 하는 사람은 오십만 원, 수백만 원의 십일조를 하게 해 달라 기도하라고 목청껏 외치는 부흥강사의 설교를 들을 때면 우리의 교회들이 어쩌다가 이 지경이 되었나 싶어 참담한 심정이 된다. 부익부 빈익빈의 현상은 교계까지 휩쓸어 대형교회들은 더욱 커지고 작은 교회들은 문을 닫아가고 있는데도 많은 교회들은 엄청나게 큰돈을 들여 어마어마한 교회당을 지어놓고 몸집 불리기에 여념들이 없으니 공룡이 따로 없다는 생각마저 든다.

목회자들 중에는 교인들의 수적 증대를 교회의 성장으로 생각하며 목회의 성공으로 여기는 분들도 있는 듯하다. 물론 수적 성장이 나쁜 것은 아니다. 교인 수 늘리기 그 자체가 목회나 교회의 목적이 되어서는 안 된다는 말이다. 그러나 교인 수가 많으면 그것이 어떻게 되어서였든 상관없이 성공한 목회로 인정을 받는 게 우리 교계의 현실이다. 수적 우위에 있는 교회의 담임 교역자들은 고급 승용차에 무엇 하나 부족함이 없이 지내며 존경을 받는다.

그렇다면 낙도의 허름한 교회당에서 오직 하나님의 방법에 따라 기도와 눈물로 주민들과 생사고락을 같이 하며 하나님의 복음 전파에 전념하는 목사님들의 목회는 실패한 것이란 말인가.

나는 몇 년 전 남해의 주민이라야 오십 명도 채 못 되는 외딴 섬의 한 교회를 찾은 적이 있다. 그곳의 목사님은 목사가 아니었다. 영락없는 뱃사람으로 마을 사람 중의 한 명이었다. 목사로서의 위엄이나 권위 같은 것은 어디에서도 찾아볼 수가 없었다. 섬의 젊은이들이 모두 육지로 나가고 없으니 아이들이라고는 목사님의 어린 두 남매뿐이었다. 목사님은 섬의 소중한 일손이었다. 마을 사람들은 어려운 일만 있으면 목사님을 불러댄다 했다. 육지에서 자기의 아들이 와 있는데도 목사님을 부르기도 한다 했다. 교회에 화장실이 따로 없어 허술하기 짝이 없는 마을의 공동변소를 쓰면서도 불편조차 느끼지 못한 채 목사님은 오직 복음만을 위해 일을 하고 있었다.

목사님은 전도를 입으로보다 몸으로, 생활로 하고 있었다. 마을 사람들과 하나가 되어 사는 것이 전도였다. 교회는 마을 사람들의 좋은 휴식처가 되었다. 날이 궂어 바다에 나갈 수 없는 날이면 사람들은 자연스럽게 교회로 발길을 옮긴다. 그러니 그들의 밑도 끝도 없는 말을 듣는 것도 목사님 내외분의 일 중의 하나가 되었다. 따라서 교인 수는 자연스럽게 늘게 되었다. 그렇다고는 해도 이삼십 명이 고작이기는 하지만. 나는 이러한 목사님 앞에서 옷깃을 여미지 않을 수가 없었다. 내가 목사님의 몇 분의 일만 같아도 좋겠다고 생각했다.

하나님께서는 도시의 몇 천 명이 모이는 교회의 목사님과 내가 만난 외딴섬의 목사님 중 어느 쪽을 더 기뻐하시는 걸까. 어느 쪽을 목회에 성공했다고 칭찬하실까. 그리고 물질적으로 윤택한 사람은 축복을 받은 것이고 가난한 사람은 그렇지 못한 것일까. 건강은 축복이지만 병약한 것은 저주인가.

나는 물질적으로 부유하지 못하다. 하지만 더 가난해질 수도 있다. 축복을 받기 위한 헌금 때문이 아니라 불우한 이웃을 통해 하나님을 사랑하려고 더 가난해질 수만 있다면 이보다 더 큰 축복이 없을 터이지만 나는 불행하게도 그만한 믿음을, 사랑을 가지고 있지 않다. 이것이 나이고 나의 한계이다. 그러나 더 많은 물질을 거머쥐려는 욕심만은 버려야 할 것 같다. 가난하고 병약한 이웃을 향해 부드러운 눈길이라도 나누도록 마음을 따스하게 데워야 할 것 같다. 나의 사랑이 오리 사랑 아닌 작지만 하나님의 사랑이 되게 하기 위해.

노욕이라는 마물

🏠 몇 해 전, 나도 모르는 사이에 오른쪽 눈 밑에 새끼손가락의 지문指紋만한 반점이 생겼다. 그러는가 했더니 크고 작은 검은 깨알 같은 점들이 얼굴에 늘기 시작하여 지금은 희미한 것까지 합치면 열 손가락으로는 다 셀 수가 없고 발가락까지 동원해야 될 지경이다. 그렇지 않아도 못생긴 얼굴인데, 내가 봐도 가관이다. 이런 것을 가리켜 노추老醜라고 하는 것일 게다.

알고 지내는 사람 가운데 병원에 가면 레이저인가 뭔가로 간단히 뺄 수가 있으니 그리하라고 권하는 이도 있다. 처음엔 누구도 봐 줄 사람 없는 얼굴인데 하고 흘려들었는데, 몇 번인가 듣다 보니 슬그머니 한번 그래 볼까 하는 쪽으로 마음이 기운다. 보기 좋은 떡이 먹기도 좋다지 않은가.

그런데 정말 보기 좋은 떡이 먹기도 좋을까. 아닌 것 같다. 그렇다

오, 이 '작은자' 예수여!

면 나같이 잘생기지 못한 사람은 절망 아닌가. 어쩌면 못생긴 용모는 마음을 가꾸는 데 도움이 될지도 모른다는 생각이 들기도 한다. 자위自慰하는 마음 때문이겠지만 말이다.

잘생긴 사람들은 용모를 가꾸느라 마음 가꾸는 데에 둔한해지기 쉬운 게 아닐까. 그러나 나 같은 사람이야 얼굴을 가꾸고 뭣할 것도 없으니 마음 가꾸는 데로만 나아갈 수 있지 않을까 한다. 아무리 자위하는 마음 탓이라 해도 도가 심하다는 생각이 들기는 하지만.

하지만 노추야 그런대로 봐 줄 수 없는 것도 아니다. 그러나 노욕老慾은 다르다. 노욕은 한이 없기 때문이다. 젊었을 때는 욕심을 부리다가도 그것이 지나치다 싶으면 자제할 수 있으나 나이가 많아지면 그게 안 된다. 나이가 많아지면 판단이 흐려지고 분별력이 약해된다. 자제할 수 있는 힘도 상실되어 간다. 그러니 노욕이라는 마물魔物에 사로잡히면 젊었을 때 닦아 두었던 인격이 망가져 이웃의 이맛살을 찌푸리게 한다.

방법은 따로 없다. 욕심의 싹을 잘라내는 수밖에 없다. 아예 뿌리 채 파낼 수만 있다면 그보다 더 좋은 방법은 없다. 욕심이라는 것은 잡초와 같아서 잘라내도 또 자라고, 뽑아도 뽑아도 다시 나온다. 그러니 끊임없이 자르고 뽑는 수밖에는 없다. 그러나 그게 그리 쉬운 일인가.

내가 아는 어떤 분은 어른이란 모름지기 사과가 하나 있으면 자기는 먹지 않고 아랫사람에게 주어야 한다고 말한다. 그러나 이는 가능치 않다. 자기 것을 다 주면 나는 결국 죽을 수밖에 없다. 사람은 둘인데 사과가 하나뿐이라면 똑같이 둘로 나누어 먹으면 된다. 아무리 똑같이 나눈다 해도 한 쪽이 조금이라도 더 클 수밖에 없다. 이때 더 커

보이는 쪽을 아랫사람에게 줄 수 있다면, 이런 사람들로 사회가 채워진다면 세상은 살맛이 나게 될 것이다.

봄이다. 앙상한 가지에서 돋아나는 새싹이 아름답다. 사람의 몸도 나뭇잎처럼 몇 번이고 봄을 맞을 수 있다면 좋으련만 한 번 늙으면 다시 젊어질 수 없으니 이것이 인생 아닌가, 하는 생각은 하고 싶지 않다. 이는 체념에 의한 것이고, 체념은 불신앙의 산물이기 때문이다. 한 번뿐이기에 귀한 인생이 아닌가. 바른 가치를 향해 열심히 살아왔다면 그것으로 족한 것이다. 만약 그러지 못했다 할지라도 앞으로 그렇게 살아가면 된다.

나는 감사한다. 늙어 가면서도 새로워질 수 있는 것을 우리 인간들에게 주신 하나님께 감사드린다. 몸보다도 귀한 마음은 이 세상을 뜨는 날까지 새롭게 할 수 있도록 해 주셨으니 어찌 감사를 드리지 않을 수 있겠는가.

마음을 새롭게, 아름답게 가꾸기 위해서는 그 밭에서 잡초를 뽑아내야 한다. 뽑아도 뽑아내도 다시 나서 자라는 욕심이라는 이름의 잡초를 자르고 또 자르고, 뽑고 또 뽑아야 한다.

마음을 가꾸는 것은 믿음을 가꾸는 것이다. 믿는 사람들은 믿음, 믿음 하지만, 무엇이 믿음인가. 방언 잘하고, 헌금 많이 하고, 주일성수 잘하는 것인가. 물론 그러하다. 그러나 정말로 좋은 믿음의 사람이 되기 위해서는 이런 것들보다 더 중요한 것이 있다. 믿음의 인격으로 자신을 가꾸어 가는 것이다. 믿음의 마음을 가꾸어 가는 것이라는 말이다. 그리되면 방언은 못한다 할지라도 하나님과 은밀히 만나는 기도를 드리지 않을 수 없을 것이고, 축복을 받기 위한 것이 아니라 빈한한 이웃과 나누고자 하는 헌금을 드리게 될 것이다. 주일 하루의 예배(또는 수요일 밤 예배, 금요일의 구역예배 등을 포함한 형식을 가춘 예배)만이 아니라 생활 전체를 예배로 드리게 될 것이다.

욕심 많은 인격자는 없다. 욕심이 많은 채 신앙생활을 잘한다는 것은 거짓말이다. 그러나 나 같은 사람은, 아니 사람은 거의 그럴 것이지만, 결코 욕심을 다 버릴 수가 없다. 다 버릴 수 있다면 그것은 성자나 성녀이다. 목까지, 입까지 가득 찬 욕심을 조금씩 비워내는 것으로 좋은 것이다. 욕심이라는 잡초가 뽑고 또 뽑아도 다시 자라나듯, 욕심이라는 마물도 아무리 비워내도 다시 차오르니 끊임없이 퍼내는 수밖에 없다. 욕심을 잡초로 보든 마물로 보든 한시라도 방심하면 안 된다. 만약 방심하게 되면 노욕이라는 사탄은 나를 파멸의 구렁텅이로 몰아넣을 것이다.

얼굴의 점을 빼고 나서는 적어도 사흘간 세수도 하면 안 된다고 한다. 그러니 만약 빼려면 땀이 나는 여름보다는 겨울이 좋을 것 같다. 그런데 얼굴의 점을 빼건 안 빼건 그런 것보다 내면에서 욕심을 빼내는 데에 좀 더 힘을 기울여야 할 것 같다. 점을 뺀다고 젊어질 리도 없고 미남자가 될 리도 없으니 노추에 노욕까지 세트로 다 움켜쥐고 있을 수는 없지 않은가.

입으로 나오는 것은 마음

여름방학의 끝자락에서야 뒤늦게 아내와 같이 휴가라는 것을 다녀왔다. 너무도 숨 가쁘게 살아온 인생이기에 나에게는 이 휴가라는 것이 실감이 잘 나지 않는다.

몇 년을 벼러 떠나게 된 휴가인지라, 금년에는 참으로 잦은 비가 또 아침부터 내리기 시작하여 다음날 종일 이어진다는 예보인데도 예정대로 길을 떠났다. 자가운전으로 가는 여행이다. 고속도로에는 바람이 강했으나 다행히 비는 내리지 않았다.

가다 쉬고 쉬다 가며 한가하게 다녀올 생각이었다. 가다가 다 못 가면 중간에서라도 돌아올 생각으로 떠났다. 그러나 어쩌다 보니 강행군이 되어 포항에서 가까운 구룡포까지 가서야 늦은 점심을 먹게 되었다. 여행에는 먹는 것도 한몫을 단단히 하는 법, 신선한 갈치찌개로 점심을 먹고 있는데 비가 내리기 시작했다. 식사를 마치고 포구를 출발할 때는 이미 빗줄기가 굵어져 있었다. 한반도는 흐랑이 모양을 하고 있다고 하는데 그 호랑이의 꼬리에 해당되는 호미虎尾곳 해맞이 공원을 빗속에서 구경했다.

첫 날 밤은 영덕 강구항에서 잤다. 대게로 유명한 곳이다. 그러나 철이 아니라서 영덕의 것은 먹지 못하고 다른 데에서 수입해온 것을 그래도 맛있게 먹었다. 큰대大 자를 쓰는 대게인 줄 알았는데, 다리가 대나무처럼 곧아 대게竹蟹란다. 비는 내려도 맛있는 것은 역시 맛이 있었다. 비는 밤새도록 내렸다.

이튿날까지도 비는 이어졌으나 줄기도 가늘어지고 내리는 시간보다 내리지 않은 시간이 길어 다행이었다. 해안선 국도를 따라 북쪽으로 속초까지 올라갔다. 많은 비에 바다는 흙탕물로 새빨개져 있었고, 잔뜩 흐려 먼 바다는 보이지 않았다. 아내가 넓고 푸른 바다를 봐주기 바라며 떠난 여행이었는데 날씨가 방해를 놓았다. 그래도 가는 길에 본 성류굴은 좋았다. 속초에 도착하여 빗속의 천막에서일지언정 오징어 회 맛도 일품이었다.

잠은 다시 돌아내려와 정동진에서 잤다. 해돋이를 보기 위해서이다. 비는 완전히 개인 것 같은데, 들으니 내일 아침은 해보기가 어려울 것 같단다. 옷을 갈아입고 나와 모래시계공원을 산책했다. 잔뜩 흐린 것 같은데 그래도 붉은 달이 조금 보여 내일 아침은 혹시 하는 마음으로 돌아와 잠자리에 들기 전에 카운터에 내일 아침의 모닝콜을 부탁했다.

잠을 깨우는 전화벨이 울리기 훨씬 전에 잠을 깼다. 일출 시간보다 좀 일찍 해변으로 나갔다. 맑게 갠 하늘이다. 해가 떠오를 수평선과 평행선을 그으며 구름이 길게 지평선 아닌 운평선雲平線을 이루고 있

붓끝이 감돌게 한 그리스도의 향기

었다. 폭이 3미터쯤 되는 것이 또 하나의 수평선을 긋고 있는 것처럼도 보였다. 저것만 없었더라면 하는 아쉬움도 있었지만 그래도 얼마나 다행인가.

구름이 엷은 데가 있었던지 손바닥만하게 붉은 물이 든다. 가슴이 설렌다. 구름의 지평선 위쪽이 실같이 가는 띠로 한 뼘 정도 밝아지더니 그 길이가 더해진다. 꿀꺽 침을 한번 삼기고 숨을 죽인다. 은행 알만큼 해가 돋는다. 부챗살처럼 햇살이 퍼진다. 아, 밝다. 눈이 부시다. 은행 알은 점점 커져 원을 이루어갔다. 환희! 그래 그것은 분명히 환희였다. 아내에게 평생 진 빚을 조금은 갚은 것 같은 생각도 들었다.

한숨 더 자고 출발해야지 하고 돌아오는 길에 젊은 부부 중 남편이 아내에게 하는 말소리가 들렸다. "저 해처럼 상종가를 쳐서 대박이 났으면 좋겠다." 귓맛이 씁쓸했다. 그래도 저 떠오르는 태양을 보고 자신이 그리스도의 빛이기를 바라는 사람도 많겠지 생각했다.

철 지난 경포대 해수욕장에서 햇살 쏟아지는 넓고 푸른 바다를 마음껏 바라보았다. 돌아오는 길에 오죽헌에 들러 신사임당과 율곡의 자취도 살펴보았다.

3박4일이 예정이었지만 자연스럽게 강행군이 되어 그다지 서두르지 않고도 2박3일로 마치고 돌아오는 길은 행복했다. 은혜, 은혜였다.

둔재 스승에
수재 제자들

　　🏠 지난 1학기부터 나의 대학원 강의 시간이 무척 재미있어졌다. 몇 해 전부터 우수한 학생들이 한 명씩 들어오기 시즈하더니 금년 3월에는 한꺼번에 대거 대여섯 명이나 입학을 한 것이다. 1학기에는 8명이 수강했고 이번 2학기에는 7명이 나의 강의를 듣고 있는데 모두 뛰어난 사람들뿐이다. 강의라고 하지만 교수인 나는 방향만 제시해 주고 그 중심에서 토론을 벌이는 것은 주로 학생들이니 강의를 듣는 것은 학생들이 아니라 나라고 하는 것이 바른 표현일지도 모른다. 세미나식 강의인 것이다.

　　수강생들 중 5명은 말이 학생이지 40을 전후한 늦깎이로 하는 일도 가정주부에 고교 교사와 대학 강사, 학원원장 등 다양하다. 모두 눈코 뜰 새 없이 바쁜 사람들이지만 한결같이 공부에 열심들이다. 일단 토론이 벌어지면 강의실로도 쓰이는 나의 연구실은 후근 달아오르고 그

열기로 인해 교수인 나는 끼어들기조차 힘이 들 지경이다. 나는 토론이 옆길로 새는 것을 바로잡아주거나 과열이 될 때면 찬물을 끼얹어주는 정도로 가만히 있어야 할 때가 많다. 자기주장이 강한 학생도 있어 교수와 학생의 역할이 바뀐 것 같은 양상을 띠기도 한다.

영재를 얻어 가르치는 것이 교육의 세 가지 즐거움 중 하나라 하든가. 나는 이들을 보면 배가 저절로 불러지는 것 같은 느낌이 든다. 이들의 밝은 미래가 보이는 것 같아 기쁘다. 이미 굳어질 대로 굳어져버린 나의 머리로서는 그저 부럽기만 한 이들의 상상력이 날개를 달고 하늘 높이 날아오르는 것이 느껴져 흐뭇하기만 하다. 나는 이들의 그 풍부한 상상력에 작은 손상이라도 입힐까봐, 이들의 무한한 문학성의 성장에 행여 방해가 될까봐 조심스럽기조차 하다.

학원을 경영하고 있는 학생은 40대의 중반으로 매사에 적극적인 데다가 선이 굵고 능력도 있어 진취적이다. 자기의 갈 길이 이것이라 생각되면 현실 같은 건 안중에도 없다는 듯이 가는 그런 사람이다. 이번에는 하고 싶은 공부에 전념하겠다며 생업인 학원을 그만 두었다. 만만찮은 능력에 이런 적극성이 치밀한 계획이라는 안전장치까지 갖추고 있으니 그의 성공은 예견하기 어렵지 않다는 것이 나의 생각이다.

그러나 나는 이 사람을 볼 때면 부인이 고생깨나 하겠구나 하는 생각이 들곤 한다. 이런 유의 사람들의 아내들이 어떻게 고생을 하는가를 보아온 나이니 무리도 아니다. 나도 비슷한 이유로 집사람에게 보통 아닌 고생을 시켰다. "아무개 씨, 부인을 고생깨나 시키겠어"라고 하는 나의 말에 그는 그 까닭이라는 것을 듣고는, "아니요,. 아내도 나의 일에 같이 기뻐하고 있습니다" 한다. 듣고 있던 한 주부 학생이 정색을 하고 입을 연다. 눈에 장난기를 띠고 항상 생글생글 잘 웃으며 재치 있는 유머로 주위 사람들을 즐겁게 하는, 아직도 문학소녀 같은 그녀의 말은 이랬다. "남자는 자기가 하고 싶은 일에 몰두할 때 가장 아름답게 보여요. 제 남편도 그런 연유로 몇 개월이나 돈을 한 푼도 못가지고 들어온 적이 있지만, 그때 저는 남편이 생활 때문에 자기가 하고 싶은 일을 접을까봐 그게 걱정이었어요."

나는 아름다운 마음들에 가슴이 훈훈해지면서도 크리스천이라고 자처하고 있는 주제에 속되게 타락해버린 나 자신의 의식을 슬퍼할 수밖에 없었다. 그러나 그래도, 부동산 투기에 혈안이 된 복부인들의 치맛자락이 온 나라의 땅을 휩쓸고 또 휩쓴다 해도 이런 여인들이 아직은 남아 있어 대한민국이 건재한 거라는 생각에 나는 역시 가슴이 시리지 않다. <너희는 세상의 빛이라>(마5:14)

하나님 앞에서
작은 일이란 없다

🏠 <믿음의 글>이라는 시리즈를 기획하여 많은 신앙의 양
서들을 출간해오고 있는 홍성사의 설립자 이재철 목사의 이야기이다.

목사가 되기 전의 이재철 씨는 어느 이른 봄날 한 승려를 만나기
위하여 그의 거처인 암자를 향해 가파르게 경사진 산길을 오르고 있
었다. 눈이 녹아 길이 몹시 미끄러웠다. 그런데 크고 작은 돌멩이들이
불규칙적인 간격으로 길에 박혀있어 산을 오르는 데 크게 도움이 되
었다. 이재철 씨는 여기에서 깨달은 것이 있었다. 돌멩이가 어디에 놓
이고 어떻게 쓰이느냐에 따라 생명이 될 수도 있고 죽음이 될 수도
있다는 것이다. 징검다리라든가 콘크리트를 굳히는 데 쓰이는 돌멩이
는 생명이나 자갈밭의 돌멩이나 싸움질하는 깡패의 손에 들려진 그것
은 죽음이라는 것이다. 이 목사는 사람도 마찬가지라고 말한다. 같은
사람이라도 어느 위치에 놓이고 어떻게 쓰이느냐에 따라 하늘과 땅만

큼이나 다르다고.

20대 중반에 예수를 자신의 주님으로 영접한 나는 하나님 앞에 서기를 원했으나 항상 그 앞을 벗어난 채 살아왔다. 그러면서도 소심하여 완전한 탕자도 되지 못하고 어정쩡한 자세로 크리스천임을 자처하며 살아온 나이다. 바라는 바 소망은 성자의 그것처럼 지고한 사랑을 실천하는 것이지만 마음과 몸이 따라주지 못하니 이드저도 아닌 못난이가 되어버리고 말았다.

이재철 씨의 말처럼, 사람들 앞에 돌멩이가 그러하듯이 하나님 앞의 인간은 쓸모없는 이가 없다. 문제는 나를 하나님 앞에 옮겨 놓느냐 그러지 않느냐에 있을 뿐이다.

요즈음의 나의 기도는 자신을 하나님 앞으로 옮겨 놓게 해주시라는 것이 주가 되고 있다. 하나님께서는 당신 스스로가 사람들을 억지로 당신 앞으로 옮겨놓기를 기뻐하시지 않는다. 사람들 각자가 스스로 성령님의 도움을 받아 당신 앞으로 옮겨 오기를 바라고 계시다는 것을 아는 나인지라 기도드리며 하나님 앞으로 나아가기 위한 처절한 몸부림을 치고 있는 요즈음이다.

나도 하나님 앞에서 큰일하기를 바란다. 나를 만족시킬 수 있는 큰일이 아니라 하나님께서 기뻐하시는 큰일을 하고 싶다. 나는 안다. 하나님께서는 내가 부자로 잘 사는 것보다 가난하지만 이웃과 나누며 사는 삶을 기뻐하신다는 것을. 외로운 낙도에서 몇 안 되는 섬사람들과 호흡을 같이 하며 작은 기쁨과 큰 어려움을 나누어 가지는 교역자를 하나님께서는 안쓰러워하면서도 기뻐하신다는 것을.

다름 아닌 예수 믿는 사람들이 그분과 그 제자들을 자칫 저주받은

붓끝이 감돌게 한 그리스도의 향기

사람들로 만들어버릴 수 있다. 그러나 그래서는 안 된다. 초라한 옷과 조악한 먹을 것에 거처도 없는 그분과 그 제자들은 행복의 표상이었다. 그리고 그분께서는 성화에서 흔히 보듯이 부드럽고 화려한 옷에 메이크업을 마친 뒤의 얼굴처럼 잘 가꾸어진 얼굴이 아니었다.

나는 믿는다. 나도 하나님께서 기뻐하시는 일을 할 수 있다는 것을. 그리고 그 일이 아무리 작은 것이라 할지라도 결코 작지 않고 크고 큰일이라는 것을.

오, 이 '작은자' 예수여!

임종석 林鍾碩

1943년생(전북 임실)
전주대학교 일어교육학과 졸업
일본 도호쿠 대학(東北大学) 대학원 석·박사 과정 졸업(문학박사, 전공: 일본 근대문학)
(前) 재일본 센다이 한국교육원장(仙台韓國敎育院長)·한국일본문화학회 회장
　　　한국일본기독교문학회 회장·한국일본근대학회 고문
(現) 충남대학교 일어일문학과 교수·한국일본문화학회 자문위원
　　　한국일본기독교문학회 고문·우리집교회 협동목사

저 서 가와바타 야스나리의 소설세계(제이앤씨), 거울 앞에서(쿰란출판사) 등 다수

역 서 철길에 핀 꽃(원저 미우라 아야코<三浦綾子>의 『塩狩峠』) (대한기독교서회)
　　　스캔들(원저 엔도 슈사쿠<遠藤周作>의 『スキャンダル』) (보고사) 등 다수

논 문 『山の音』私論 ―信吾の老いと回春への願望をめぐって―
　　　　(文藝研究 第110號)
　　　엔도 슈사쿠의 『사해의 주변』의 세계 ―예수像을 중심으로―
　　　　(日本文化學報 第20輯) 등 다수

크리스천의 삶이 닮긴 칼럼과 에세이
오, 이 '작은 자' 예수여!

초판인쇄　2008년 7월 23일
초판발행　2008년 7월 31일

저자　임종석
발행　제이앤씨

서울시 도봉구 창동 624-1 현대홈시티 102-1206
등록번호·제7-220호 / 전화 (02) 992-3253(代)　팩스 (02) 991-1285
E-mail　jncbook@hanmail.net / URL　http://www.jncbook.co.kr

ISBN 978-89-5668-621-9 03810　　　　　　　　　　　　　　　　　정가 19,000원